新潮文庫

うちのレシピ

瀧羽麻子著

新潮社版

11516

目次

うちのレシピ

午前四時のチョコレートケーキ

ぼーん、と柱時計が鳴った。

ぼーん、ぼーん、と古めかしい音がさらに二度続く。テーブルについている全員が、そろって文字盤に目を向けた。二本の針がきっちりと直角に開いている。

聞き慣れているはずの響きが、やけによそよそしく耳にさわる。時計だけではない。大小とりまぜた五つのテーブルも、壁にかかった田園風景の水彩画も、いつも僕自身が書きこんでいるメニュウの黒板さえも、店内のすべてがふだんとは違って見える。

三つの音は空気中にしばらくとどまり、やがて消えた。昼さがりのレストランに静寂が戻る。

僕の正面で口を開きかけた真衣《まい》が、結局なにも言わずにうつむいた。ふんわりとカールした肩までの髪がかすかに揺れる。その右隣に座っている芳江《よしえ》さんも、娘と同じくこちらを見やったものの、やはり声は出さなかった。長いまつげにふちどられた大きな瞳《ひとみ》が母子《おやこ》でそっくりだ。左隣の正造《しょうぞう》さんのほうは、まっすぐ前を向いたまま身じろぎもしない。四角い輪郭《りんかく》も太い眉《まゆ》も、母親似の真衣にはまったく遺伝していない。機嫌をそこねたときに小鼻がぴくぴく動くところだけが共通している。

一家三人とも白い服を着ているのは、示しあわせたものなのか、それとも偶然なのだろうか。いずれにせよ、いつになくおしゃれしているのは明らかだ。僕たちに――特に、初対面となるうちの父と母に――気を遣ったに違いない。

ため息をなんとかこらえ、僕は水をひとくち飲んだ。ぬるい。グラスの表面にびっしりついていた水滴が、真っ白なテーブルクロスにしみを作った。

「では、そろそろ」

気まずい沈黙を破ったのは、父だった。

「今日は本当に申し訳ありませんでした」

「いえいえ」

真衣と芳江さんが同時に首を振った。正造さんは相変わらず無表情をくずさない。使われなかった皿とグラスとカトラリーがひとそろい、整然と並んだ真向かいの空席は、彼の目にどう映っているのだろう。

「お忙しいお仕事ですものね」

芳江さんがとりなすように言った。

「また今度、ぜひ」

真衣が小声でつけ加える。正造さんの様子では、はたして「また今度」がめぐってくるかは非常に疑わしい。

うなだれている僕に、真衣がそっとうなずきかけてくれた。大丈夫、というように。真衣はいつだって優しい。僕がへまをして正造さんを怒らせてしまったときも、ぼろぼろに疲れ果てているときも、心をこめて慰め励ましてくれる。でも今回ばかりは、さすがの真衣もあきれているかもしれない。

「ごちそうさまでした」

「おいしかったです」

もう一度深々とおじぎをしてから、僕と父は店を出た。正造さんは最後まで僕と目を合わせなかった。

父と並んで駅までの道をとぼとぼと歩いているうちに、あらためて怒りがこみあげてきた。店では場をもたせようと気を配るのにせいいっぱいで、憤《いきどお》りを感じているゆとりもなかったのだ。

「なに考えてんだよ。信じられないよ」

三時間も待たせたあげくに、母は現れなかった。この食事会の日程は、母の都合で決めたにもかかわらず。

はじめは、息子の職場の見学というか偵察がてら、うちの両親がランチを食べにくるという話だった。できれば正造さんたちにも軽く挨拶《あいさつ》したいと伝えたところ、真衣と芳江さんは目を輝かせ、せっかくだから定休日の日曜に六人で食事をしようと言い出した。

正造さんは、妻や娘ほどあからさまに盛りあがっているそぶりはなかったものの、秋の食材をふんだんに取り入れた献立を特別に考えてくれた。冷前菜にサンマと秋茄子《なす》のテリーヌ、温前菜はフォアグラとトリュフのパイ包み焼き、コンソメスープを挟んで、メインディッシュがホロホロ鳥のローストでデザートはモンブランだった。下準備やしあげは僕も手伝って、和やかな昼餐《ちゅうさん》になるはずだったのに、どの料理もろくに味がしなかった。

「そんなに怒るなよ。美奈子《みなこ》さんにも悪気はないんだよ」

父が小さな子どもをあやすように、僕の背中をぽんぽんと軽くたたく。

「怒るっていうより、泣きたい」

正造さんの眉間《みけん》に刻まれた深いしわを思い出し、僕はうめいた。二年もかけて少しずつ築きあげてきた信頼関係が、これで水の泡だ。この日なら大丈夫だと母が自信たっぷりに請けあったのを、真に受けた僕がばかだった。これまでも何度となくこんなふうに期待を裏切られてきたというのに、どうして学習しないのだろう。

「美奈子さんはいったん集中すると、他のことまで頭が回らなくなるからな。子どもみたいなもんだよ。精神年齢は、啓太《けいた》のほうがよっぽど上だ」

啓太ってほんとにおとなだね、と真衣からもときどき言われる。感心されると照れくさい。ただし、たまにその続きがある。なのに、お母さんのことになるとむきになるよねえ。母の愚痴をこぼす僕に、真衣は楽しそうに指摘するのだ。

「今回は大目に見てあげよう。な？」

僕ももう、幼い頃のようにぐずったりすねたりはしない。それにしても、やっぱり黙ってはいられない。

「今回は、じゃないよ。今回も、だよ」

昔から、僕が母の行状についてぼやくたび、友人たちは共感の声を上げたものだ。わかるわかる、うちの父親もいつもそうだ、と。

ほんのりと色づきはじめた銀杏《いちょう》の並木道を抜け、小さな公園の前を通り過ぎる。このあたりは都心のわりに緑が多い。休日のせいか、ぽつりぽつりと家族連れとすれ違う。親子というのは、目鼻だちや体つきはもちろん、醸《かも》し出す雰囲気もなんとなく似ている。傍《はた》から見れば、僕たちふたりもすぐに父と子だとわかるのだろう。背が高くやせぎみの体型といい、涼しげだと真衣がほめてくれる目もといい、僕の外見はおおむね母よりも父譲りだ。願わくは内面も、と祈りたい。

「もしかして、わざとなんじゃないの？」

僕がコックの卵としてレストランで働いていることを、母は気に入っていない。会社を辞めて正造さんに弟子入りしたときにも、猛反対された。何事においても、母は自分の思いどおりに進めなければ気がすまないのだ。

「美奈子さんはそこまで計算してないよ」

そうかもしれないが、これがもし無意識の行動なのだとしたら、もっとたちが悪い。

「来られなくなったらなったで、せめて連絡を入れようって発想はないのかよ」

「どうしても手が離せなかったんじゃないかな」

「仕事と息子の幸せと、どっちが大事なんだよ？」

つい父にやつあたりしてしまう。実際は、母にとって仕事が最優先なのはわかりきったことで、本人にはあえてたずねる気にもなれない。

母の仕事の内容を、僕はよく知らない。知っているのは、投資銀行のディレクターという肩書きと、それがとてつもなく忙しい職業だということだけだ。平日は深夜まで帰ってこないし、下手をすると土日にも呼び出されている。僕が小学生の間は、多少は家のことも気にしていたようだが、中学、高校と進むにつれ、言い換えれば息子に手がかからなくなるにつれ、母はますます仕事にのめりこんでいった。何度か転職もしている。数年前までに比べればややましにはなったとはいえ、五十代の半ばにさしかかった今も、依然としてがむしゃらに働いている。

一方、父の会社員としての働きぶりは、母のそれとは違って、ごく穏やかである。よほどのことがない限り、定時に退社できる。母のかわりに日々の食事をこしらえ、掃除も洗濯もアイロンがけも手際《てぎわ》よくこなす。中でも、料理の腕前はそうとうなものだ。

僕がそれなりにまともに育ったのは、父のおかげといっていい。だから感謝はしているけれど、母に対する態度だけはどうしても納得できない。父は心が広すぎるのだ。

「父さんが甘やかすから、あっちもつけあがるんだって」

「まあまあ、そんなにぴりぴりするなよ」

僕だって、女性らしくとか、母親らしくとか、時代錯誤な主張をするつもりはさらさらない。でもうちの母は、なんというか、横暴すぎる。女性だの母親だのはさておき、人間として。

「そんなことより、真衣ちゃんってかわいいな」

父が唐突に話を変えた。

「まあね」

僕は答え、皮肉をこめて言い足した。

「お宅の奥さんとは違いますから」

「美奈子さんもああ見えてかわいいところもあるんだよ」

父は真顔だった。僕は舌打ちして、道端に転がっていた石ころを蹴《け》った。力を入れたわりには、そんなに遠くまで転がらなかった。

その晩、家へ帰ってきた母を玄関先でつかまえて、僕はさっそく抗議した。

「なにやってたんだよ。約束したのに」

「ごめんね、ケイちゃん。緊急事態だったの」

母は一応拝むようなしぐさをしながらも、さっさと脇《わき》をすり抜けていく。ケイちゃんという呼びかたは、事を荒だてずに流してしまおうという意図の表れだ。まじめに話をしたいときは、啓太と呼び捨てにする。

「電話の一本くらいかけられないのかよ？」

「だって、それどころじゃなかったんだもの」

すれ違いざま、たばこのにおいが僕の鼻先をかすめた。

いつだったか、真衣はこれを「おじいちゃんのにおい」と表現して、僕を愕然《がくぜん》とさせた。彼女にとって身近な喫煙者といえば、食後に店の外で一服している年輩の男性客たちなのだ。正造さんは鼻が利《き》かなくなるからと言って喫《す》わないし、芳江さんにいたっては、たばこを手にしている図さえ想像できない。でも僕は、このにおいをかぐと反射的に母親を連想してしまう。

母は廊下を大股《おおまた》で進み、つきあたりのリビングに入っていく。その後を僕も追いかけた。まだ話は終わっていない。

リビングは、南側の一面がすべて窓になっている。二十階建てのマンションの最上階なので眺めがいい。遠くに東京タワーも見える。この眺望が、部屋を選ぶ上で一番の決め手になったという。

思いきりのいい母にふさわしく、即決だったらしい。物件探しには父も同行していたけれど、たとえ反対しても聞き入れられなかったはずだ。もっとも父のことだから、はなから反対しないだろう。小洒落《こじゃれ》た内装も、デザイナーズ家具も、母の趣味である。出資者が好きにするのは当然といえば当然なのだが、五年前に引っ越してきた当初はなんだか居心地が悪かった。

「ああ、疲れた」

母はソファにだらしなく沈みこみ、黒いパンツスーツのジャケットを脱ぎ捨てた。片手で反対側の肩をもんでいる。ぞんざいなその手つきも、両足をぱっかりと開いた体勢も、ランチタイムにやってくる中年のサラリーマンを彷彿《ほうふつ》とさせる。母の生態は、おばさんというよりもおじさんのそれに断然近い。

「三時間も待ったんだよ。ちょっとは反省してるわけ?」

「してる、してる。ちゃんと謝ったでしょう?」

母がうるさそうに首を振って立ちあがり、部屋の片隅に置かれたマッサージチェアへと移動した。

母は健康グッズに目がなくて、うちにはその手の商品があふれている。通販で買った珍妙なかたちの器械、握っただけで癒《いや》されるという宗教めいたいわくつきの石、ツボ押しにいたっては、体中のツボを同時に押せそうなほどの種類がそろっている。買った本人すら一度も使ったことがないものもあるかもしれない。母は手に入れたらそこで満足してしまうふしがある。だいたい、本当に健康のためを考えるなら、他にやるべきことはいくらでもある。睡眠時間を増やすとか、日々軽い運動をするとか、不規則な食生活を見直すとか、酒とたばこをひかえるとか。

しかし、僕の意見は決して聞き入れられない。啓太って正論が好きよね、と母はうっとうしそうに切り捨てる。保守的っていうか、おもしろみがないっていうか。誰に似たのかなあ。

「ああ、極楽」

マッサージチェアに座って気持ちよさそうに目を閉じ、なんとも形容しがたいうなり声を上げている母を、僕は腕組みをして見下ろした。

「なあ、ほんとに悪いと思ってんの?」

「思ってるってば。次は絶対に行くから、心配しないで」

「次っていつだよ?」

「近いうちに」

母が薄目を開けて僕を見上げた。いつのまにか前髪を頭のてっぺんで結び、おでこが丸出しになっている。化粧はくずれかけているものの、切れ長の目には迫力があって、子どもじみた髪型とちぐはぐだ。

「いつまでもねちねち怒らないでよ。反省してるって言ってるじゃないの」

反省しているとはとても思えない、高圧的な口ぶりだった。次の言葉はおおよそ見当がつく。しかたないでしょう、仕事なんだから。もしくは、疲れてるから明日にしてちょうだい。不機嫌に黙りこみ、たばこを喫いにベランダへ出ていくという線もありうる。

身がまえている僕に向かって、母が口を開きかけたところで、キッチンから父が出てきた。

「美奈子さんも来るべきだったよ」

母が床に落としたクッションを、ソファに戻す。

「しっかりしたお嬢さんと、立派なご両親だったよ」

やわらかい声音が僕の戦意をそぐ。父は場をまるくおさめるという天賦《てんぷ》の才能に恵まれているのだ。だからこそ、この母と三十年近くも夫婦を続けられているのだろう。

「残念。会いそこねちゃった」

母がこれ見よがしに肩をすくめてみせた。にらみつけている僕には見向きもせず、ゆらりと立ちあがってキッチンに消えていく。

冷蔵庫を開ける音に続いて、悲鳴が聞こえてきた。

「やだ、ビールがない！」

先ほどよりもよほど残念そうなのがいまいましい。僕はあきらめて自分の部屋にひきあげた。


翌日は、いつもより早く家を出た。店までは地下鉄で三駅の距離だ。雨の日を除いて、僕は自転車で通勤している。

十五分ほど走ると、レンガ色の建物が見えてくる。二階建ての一階がレストランで、二階は真衣たち家族の住居として使われている。おもての道に面した店の入口のほか、裏手にもうひとつ勝手口があって、直接二階に上がれるつくりになっている。

店の前で自転車を降りた。ドアの傍らに金属製のプレートがはめこんである。ファミーユ・ド・トロワというのが、このレストランの正式名称だ。フランス語で三人家族という意味らしい。僕たち従業員や常連の客は、短くファミーユと呼んでいる。僕が働きはじめる以前は、その名のとおり、家族経営のレストランだった。父親が料理、母親と娘が接客の担当だ。

ちょうどドアが開いて、店の中から芳江さんが出てきた。左右の手に、ほうきとちりとりを持っている。

「おはようございます」

「おはよう。早いのね」

「あの、昨日のこと、もう一度ちゃんと謝っときたくて」

僕は頭を下げた。

「ほんとにすみませんでした」

「いいのいいの、気にしないで」

芳江さんはそう言ってくれるだろうと思っていた。おそらく真衣も。問題は、残るひとりである。

「あの、正造さんは」

僕がおずおずとたずねると、芳江さんは困ったように小さく笑った。

「大丈夫よ。あんまり気にしないで」

それは無理だ。

勝手口の脇に自転車をとめてから、僕はおそるおそる厨房《ちゅうぼう》をのぞいた。正造さんはコンロの前で、大きな寸胴鍋《ずんどうなべ》に向かっていた。僕がドアを開けた音には気づいたはずだけれど、振り向かない。鍋からたちのぼる白い湯気、いためた玉ねぎの香ばしいにおい、壁にずらりと一列につるされたフライパンの放つ鈍い光、つややかに磨きこまれた床、午前中の澄んだ陽ざしに照らされた厨房はこわいくらい調和に満ちている。働き出してずいぶん経《た》った今でも、足を踏み入れるのを一瞬ためらってしまうほどに。

コンロのそばまで近づいて、声をかけた。

「昨日はすみませんでした」

正造さんは鍋から目は離さず、ぶっきらぼうにうなずいた。横顔をうかがう限り、それほど表情は固くない。僕はほっとしてコックコートに着替え、ランチのしこみにとりかかった。

僕がはじめてこの店を訪れたのは、まだ会社勤めをしていた頃だ。新卒採用で入社した老舗《しにせ》の文房具メーカーで働きはじめて、三年が経っていた。

もともと、会社員になるつもりはなかった。

僕は大学時代、キャンパスの近くにあるピザ屋でアルバイトをしていた。父も学生の頃は飲食店で働いていたそうで、楽しかったと聞いて興味を持ったのだ。地元客の集まる、こぢんまりとした店で、手頃な値段のわりに味がよくて繁盛《はんじょう》していた。僕は厨房に入っていた。最初のうちは、ピザ生地の上にソースや具をのせたり、サラダやデザートを盛りつけたりといった単純作業をこなしていたが、慣れてくるにつれてさまざまな工程を任されるようになった。生地をこねたり、ソースを作ったり、肉を焼いたり、先輩に教えられるまま、なんでもやった。店がたてこんでいるときには、できあがった皿を客席まで運びもした。料理そのものもおもしろかったし、客からおいしかったと声をかけられると、報われた気分になった。そう父に話したところ、血筋かな、とうれしそうに言われた。お父さんもそうなんだよ、啓太や美奈子さんにおいしいって喜んでもらえるのが、なによりも励みになるんだよな。

大学三年生の秋に、僕はアルバイト先の先輩にすすめられて調理師の免許をとった。料理の世界に入るという選択肢を明確に意識したのは、そのときだ。翌年、就職活動の時期を迎え、料理人になりたいと両親にも打ち明けた。

「料理が好きなら、趣味でやればいいじゃないの。なにも仕事にしなくたって」

母に反対されることは、予想していた。

「悪いこと言わないから、普通の会社員にしときなさい」

料理の道がいかに険しいか、母は熱っぽく語った。下積みは長く苛酷《かこく》で、ただ好きというだけでは続けていけない仕事だ。立場も収入も不安定では将来も思いやられる。気が変わったときにつぶしもききにくい。

母の熱弁を、僕はつとめて冷静に聞き流した。言い分はもっともだけれど、こんなときだけ母親面《づら》されたって困る。

「父さんはどう思う？」

ひとことも口を挟まず、じっと考えこんでいた父に、助けを求めた。味方になってくれるだろうと踏んでいた。父は母に甘いが、僕が本気なのもわかっているはずだ。料理の魅力だって知っている。

「お父さんも、会社に就職したほうがいいと思うな」

思いがけない返事に、耳を疑った。

「そうよね？」

母が勝ち誇った笑みを浮かべた。

よくよく聞いてみれば、父の主張は母のそれとは幾分違っていた。多くの会社で、新卒採用の募集人数は、中途採用に比べて圧倒的に多い。新卒の立場で応募できる機会は一度きりだから、せっかくならその時期に就職しておいたほうがいいというのだ。

「三年、働いてみなさい。そうすれば向き不向きはだいたいわかる。それでもやっぱり料理の道に進みたいなら、そのときは必ず応援するよ」

父はきっぱりと言いきった。母は口もとをむずむずさせながらも、それ以上はなにも言わなかった。

そうして僕は一般企業に就職した。日々の業務は、僕なりにがんばってこなしていたつもりだ。器用に手を抜ける性格でもないし、父との約束もあった。会社員としてきちんと働いてみなければ、三年後に公平な判断ができない。

三年間は、あっというまに過ぎた。料理人の夢はまったく色あせなかった。あせるどころか、いよいよ色鮮やかになっていた。入社四年めにさしかかり、僕は真剣に転職を考えはじめた。まずは調理師学校に通うべきか、それともどこかの店に弟子入りして現場で学んだほうがいいのか、そもそも僕はどんな料理を作りたいのか、会社を辞めるまでに頭を整理しなければならない。昼休みには、社食を利用するのをやめて、近くにある飲食店のランチを順に試した。いろいろな店を見て料理を味わうのは、今後の参考になるだろうと思ったのだ。

そんなときに、ファミーユを見つけた。

複雑な余韻《よいん》を残すソース遣いも、めりはりの利いた味つけも、気前のいい盛りつけも、僕の好みだった。気取りすぎず庶民的すぎず、ゆったりとくつろげる内装で、おまけに給仕してくれるウェイトレスがすごくかわいい。
二、三日に一度の割合で通うようになってひと月ほどが経ち、入口のドアを開けようとして従業員募集の貼《は》り紙を目にしたときの興奮は、今も忘れられない。箇条書きにされた条件を、僕はひとつひとつ確認した。厨房担当（調理補助）。経験不問。交通費支給。まかないつき。まじめで体力のある方求む。気になったのは、どの程度の体力を求められているのかということくらいで、僕にも応募できそうだった。

面接ではじめて正造さんと対面した。にこりともしない大男にたじろぎつつも、僕は料理人になりたいという夢を必死で伝えた。ここで働きたい、いや働かせてもらわなければならない、と直感が告げていた。

その直感は正しかった。正造さんは厳しく、それでいて親身に、料理の基礎を僕にたたきこんでくれた。芳江さんとも真衣ともすぐにうちとけた。とりわけ、真衣との距離はぐんぐん近づいていった。営業中はめいめいの持ち場についているが、その前後には、真衣はたびたび厨房にやってきて作業を手伝ってくれた。野菜を洗ったり皮をむいたり、肉をマリネしたりパン生地をこねたりしながら、僕は真衣のとりとめもない話に耳を傾けた。閉店後、正造さんが僕たちに片づけを任せてひと足先に厨房から出ていくようなことがあれば、聞くだけでなく話しもした。家族のこと、学生時代のこと、勤めていた会社のこと、問われるままに答えた。転職の経緯も打ち明けたところ、すごいね、と真衣はしみじみと言った。

「夢をあきらめなかったんだ」

「まだまだ、これからだけどね」

「大丈夫だよ。あたしたちも応援してるから」

真衣にそう言ってもらえると、本当に大丈夫な気がしてくるのが不思議だった。

思えばあの頃から、僕はすでに真衣を特別な存在として意識しはじめていたのだろう。が、それを自覚するようになってからも、気持ちを伝える勇気は出なかった。ふられたらその後は毎日気まずいし、もし本人が僕を受け入れてくれたとしても、両親がどう考えるかはわからない。まだ半人前のくせに娘にちょっかいを出すなんて、とんでもないやつだと不興を買うかもしれない。最悪の場合、職まで失いかねない。

僕がようやく腹《はら》を括《くく》ったのは、店に入って一年後だった。

「ありがとう。うれしい」

つきあってほしいと告げた僕に、真衣はいたずらっぽく微笑《ほほえ》んでみせた。

「実は、ずっと待ってた」

すぐに正造さんと芳江さんにも報告した。わざわざ話さなくたっていいんじゃないの、あたしたちもうおとななんだし、と真衣は乗り気ではなかったが、隠すわけにもいかない。

話を聞いた夫婦の反応は、対照的だった。芳江さんは目を細め、正造さんは目を見開いた。

「真衣をよろしくね」

芳江さんがうれしそうに言った。正造さんは黙っていた。そして、それからまるまる一週間、ろくに口を利いてくれなかった。

「反対してるわけじゃないから、気にしないで。むしろ喜んでるのよ。ただ、気持ちの整理にちょっと時間がかかってるだけ」

気が気ではない僕を、芳江さんは笑って励ましてくれた。

「ほんとによかった。わたしたち、啓太くんのことは家族みたいに思ってるから」

僕もそうだ。今や、モデルルームさながらのインテリアでそつなくまとめられた自宅よりも、ファミーユにいるほうがずっと落ち着く。

僕は僕の居場所を見つけた。真衣がいて、ファミーユがある。もう母に振り回されるつもりはない。

次の日曜は、父の誕生日だった。店も休みなので、毎週末に父がこなしてくれていることまごまとした家事全般を、今日は僕が一手に引き受けることにした。父には文庫本を持たせて寝室に追いやった。昼食には父の好物の蕎麦《そば》をゆで、それだけでは物足りない気がして、オムレツとトマトサラダも添えた。だし巻き玉子のほうが合いそうだけれど、僕の和食はまだ発展途上なのでやむをえない。それでも父は文句も言わず、ぺろりとたいらげてくれた。

午後一番に買いものをすませ、またキッチンに入った。広々とした厨房に慣れてしまったせいか、狭く感じる。ここで本格的な料理を作るのはひさしぶりだ。ファミーユで働くようになって以来、家では料理どころか食事をする機会もほとんどない。仕事がある日は、昼と夜の営業後にそれぞれまかないがつく。定休日の日曜はたいてい真衣と過ごしている。勉強がてら外食することが多く、家に帰ってきたときには胃が重い。

時間とコンロと鍋の割り振りを頭の中で計算しつつ、手を動かす。こうして計画的に物事を進めるのが、僕はけっこう好きだ。料理には感性だけでなく頭も使わなければならない、と正造さんもつねづね言っている。

献立はさんざん迷って決めた。戻り鰹《がつお》のカルパッチョをのせたサラダ、具だくさんのミネストローネ、鮭《さけ》ときのこのクリームソースをからめた太めの手打ちパスタ、主菜はハーブで香りづけした豚のローストにした。牛肉至上主義の母は不服がるかもしれないが、今日は父の好みを優先させてもらう。前から作ってみたかったフォカッチヤにも挑戦した。ドライトマトとチーズ、それから父がベランダで育てているローズマリーの葉も、生地にたっぷり練りこんだ。食後のデザートは、僕の得意なチョコレートケーキでしめくくるつもりだ。朝のうちに焼いて冷ましてあるので、あとは生クリームを泡立てればいい。

母は夕方には戻ると言い残して仕事に出かけた。七時には食べはじめるからね、と僕が念を押したところ、余裕だと笑っていた。先週末のこともあるので、さすがに今回はすっぽかされることはないだろう。

実は、あの顔あわせが首尾《しゅび》よくすめば、真衣の一家もうちへ招待しようかとも考えていたのだった。残念ながら惨憺《さんたん》たる結果に終わったものの、正造さんともひとまず仲直りはできたし、今日のところは親子水入らずで祝うほうが気楽でいいかもしれない。いずれにせよ、先週の話を蒸し返すつもりはなかった。せっかくの父の誕生日に、もめごとは避けたい。

ところが、母は一向に帰ってこなかった。

「電話の一本くらい入れてくれればいいのに」

「きっとそれどころじゃないんだろう」

食卓に並べた三人分の食器を前に、僕たちはしだいに無口になった。何度電話をかけても留守電が応答するばかりで、メッセージを送っても反応がない。

「先に食べはじめようか？」

僕が持ちかけても、父は首を縦に振らなかった。

「せっかく啓太が作ってくれたごちそうだから、三人で食べたい」

主役がそう言うのではしかたない。家中に充満している香ばしいにおいを極力無視して、僕たちはテレビを観《み》たり本を読んだりして時間をつぶした。二週連続で三時間待ちやっと父の気が変わったのは、十時までねばった後だった。

だなんて、僕たちはほんとについてない。

「このボトルは、美奈子さんが帰ってくるまでに空けよう」

シャンパンで乾杯し、父は厳《おごそ》かに言い放った。

それでも、食べているうちに気分はだんだん持ち直してきた。料理はなかなか上手にしあがっていた。ミネストローネには野菜の優しい甘みが溶け出し、パスタはばっちりアルデンテにゆであがり、豚の火入れかげんもわれながら完璧《かんぺき》にできた。限界まで空腹をがまんしていた僕たちの食欲はすさまじく、一品を出すたびに皿はみるみる空になった。シャンパンに続いて、白ワインも開けた。

「おいしいなあ」

父はくどいくらいに連発している。だいぶ酔っているようだが、口ぶりには心がこもっていた。

「料理は愛情だからな」

昔から、僕が手料理をほめるたびに、父は決まって満足げにそう応《こた》えたものだ。ごくありふれた言葉なのに、どういうわけか妙に説得力があった。少なくとも父の料理にとっては、それがかけがえのない秘訣《ひけつ》だということを、僕は身をもって、また舌をもって日々実感してきた。母のほうは、料理を作るのはからきしだけれど、食べるのはめっぽううまい。げっそりと憔悴《しょうすい》して帰ってきた夜も、ふつか酔いで全身からアルコール臭を発している朝も、父のこしらえた食事でよみがえる。母が黙々と口を動かしている間、父は向かいに腰かけて見守っている。そして、かろうじて人間らしい顔つきを取り戻した妻が箸《はし》を置くのをみはからって、デザートはどう、と優しくたずねるのだ。

料理と愛情の関係性については、正造さんも父と同じ意見を持っているのではないかと僕はひそかに考えている。

父と違って正造さんはそんなことはまず口に出さないし、いかつい風貌《ふうぼう》や寡黙《かもく》で職人肌の性格には、「料理は愛情」なんて似合わない。とはいえ、毎日一緒に働いていれば、正造さんがなにを大事にしているのかはなんとなく伝わってくる。

ケーキを食べ終えても、母からはなんの音沙汰《おとさた》もなかった。もはや怒りを通り越して、脱力してしまう。

「ほんと、懲《こ》りないよね」

食卓を片づけようと立ちあがりかけた僕に向かって、なあ啓太、と赤ら顔の父が突然切り出した。

「先週の、店におじゃましようって話、美奈子さんが言い出したんだよ」

「えっ？」

僕は変な声を出してしまった。てっきり、父が僕のために母を説得してくれたのだとばかり思っていたのだ。

「なんで？　お手並み拝見ってこと？」

「それもあったかもしれないけど、向こうのご両親に会ってみたかったみたいだよ。そろそろ納得したんじゃないかな、啓太が本気だってこと」

僕の決断を認める？　あの母が？

つかのま動揺したものの、すぐに気をひきしめた。ゆだんは禁物だ。父の解釈は概して母に好意的すぎる。

「ああ、おなかいっぱいだ。ごちそうさま」

父が手を合わせ、汚れた皿を重ねはじめた。

「いいよ、そのままで。もう遅いし、寝たら？」

「いやいや、片づけくらいは手伝うよ。なにもかも任せっぱなしじゃ悪いしな」

キッチンに向かおうとして、ふと振り返って僕と目を合わせる。

「いい誕生日だったよ。ありがとう」

壁の時計はちょうど十二時をさしていた。

事件は、その五分後に起きた。

母の食器だけ残してひととおり食卓を片づけ、僕はキッチンに入った。流しで洗いものをしている父の背中に声をかける。

「交代しようか？」

返事はなかった。僕は父に近寄って、横からひょいと顔をのぞきこんだ。

「ねえ、かわるよ？」

そこで、ぎょっとした。父の目はうつろで、焦点が合っていなかった。

流しに目をやり、さらにぎょっとする。左手が血まみれだ。洗いかけの食器も真っ赤に染まっている。鍋の中には、指らしき物体がぷかぷか浮いている。危うく悲鳴を上げかけて、思いとどまった。よく見たら、じゃがいもの切れ端だった。

僕たち父子《おやこ》は、けがに弱い。より正確には、血に弱い。母との生活できたえられたのだろう、なにが起きても泰然と構えている父が、血を見ると正気を失う。そして、その性質は僕にもれなく遺伝している。この生々しい赤を目にしたが最後、頭がくらくらしてくるのだ。小さな子どもではあるまいし、情けないけれど、生理的に受けつけない。

家族がけがをしたとき、傷口に薬を塗ったり絆創膏《ばんそうこう》を貼ったりするのは、だから母の役目である。乱暴な手つきのわりには、案外器用に手当をすませる。まったくうちの男どもはだらしないよね、と憎まれ口をたたくのも忘れない。家の中で母が役に立つのは、そんなときくらいだ。

なのに、肝心のときにいないなんて。

ふらふらとキッチンを出ていこうとした父に肩をぶつけられ、僕はわれに返った。父が流血、母は不在、ここは息子がしっかりするしかない。

洗面所に走り、タオルを二枚出した。まずは止血だ。一枚を濡《ぬ》らして血を拭《ぬぐ》い、乾いているもう一枚で父の手をぐるぐる巻きにする。父の服にも僕の服にも血が飛び散って、凄惨《せいさん》なまだら模様を作っている。

「手を心臓よりも高くして」

僕が言うと、敵に降伏する捕虜みたいに、父は心細そうに両手でばんざいをした。

さっきまで紅潮していた顔色がひどく青白い。

どれくらい出血するとやばいんだっけ。せわしなく考え、あわてて打ち消す。縁起でもない。巻いたタオルに赤いしみがじんわりと広がっていくのを横目に、僕は携帯電話を手にとった。

救急車は、けたたましいサイレンとともにやってきた。

「血がとまらないんです」

訴える僕に、そのようですね、と救急隊員は事務的に答えた。父に向かって、てきぱきと声をかける。

「お父さん、けがしたほうの手だけ挙げればいいですからね。そんなにぴんと伸ばさなくて大丈夫ですよ、腕がだるいでしょう。そうそう、ひじは曲げて下さい」

力なく下げられた父の右手を、僕ははらはらして握った。

救急病院の薄暗い廊下を足音荒く歩いてきた母は、僕の顔をみるなり食ってかかった。

「どうして連絡してくれないのよ」

救急車で到着して一時間弱、父はまだ診察室の中にいる。手のひらを五針ほど縫うことになったらしい。割れていたグラスを気づかずにつかみ、親指のつけ根をざっくりと切ってしまったのだった。アルコールで血行がよくなっていたせいで血がとまりにくかった。幸い、骨や神経に異常はないそうだ。

「何度も何度も電話したのに、ちっとも出ないし」

確かに、携帯電話の着信履歴はすべて母の番号になっていた。

「だって、緊急事態だったから」

「電話一本くらいかけられるでしょう?」

髪を振り乱した母は、十歳は老《ふ》けこんで見える。家に帰り、キッチンとリビングの床に残された血痕《けっこん》を目《ま》のあたりにして、柄にもなく動転したという。

「それどころじゃなかったんだよ」

誇張ではない。本当に、電話どころじゃなかった。だいたい、最初に約束を破ったのは母のほうだ。

自分はどうなんだよ、と言い返しかけて、僕は途中で言葉をのみこんだ。母の目のふちがうっすらと赤くなっていた。

「寿命が縮まったじゃないの。人騒がせなんだから」

僕の座っている長椅子《ながいす》の、反対側の端に、どすんと腰を下ろして脚を組む。片手でたばこの箱をもてあそんでいる。きつく握りしめているのは無意識のようだ。

気の毒に、と僕は思った。主に、無残に握りつぶされているたばこの箱に対して、そして母に対しても、少しだけ。力のかげんを調節するのが、絶望的に下手なのだ。

そのまま、ふたりとも無言で父を待った。

「お待たせ」

診察室から出てきた父は、僕たちをみとめて右手を挙げた。左手に巻かれた真っ白な包帯が痛々しい。母がはじかれたように立ちあがった。

「痛い？」

いたわるというより尋問するような調子で、たずねる。

「ちょっと痛いけど、まあ大丈夫」

父は弱々しいながらも笑顔を見せた。

「よかったね」

僕にもわかる。痛みそのものは、まだ耐えられるのだ。自分の体から血が流れているという事実とその光景が、僕たちをひるませる。

「なによ、笑ってる場合じゃないでしょう？　どれだけ心配したと思ってるの？」

悪態をついている母のほうが、父よりもむしろやつれて見える。

家へ帰ってきたときには、すでに夜が明けかけていた。片づけの続きを手伝いたがる父を無理やり寝かしつけてから、リビングで僕は母と向かいあった。

「おなかすいた」

母がぽつりとつぶやいた。

あたため直した料理を、母はもりもりとたいらげた。食事の間、僕はいつも父がそうしているように、向かいの椅子に座ってつきあった。父が言っていた母のかわいいところというのは、ひょっとしてこの豪快な食べっぷりのことだろうか。

「ああ、おいしかった。ごちそうさま」

フォークを置いて、母はにっこりした。

「啓太は料理が上手ね。雪生《ゆきお》くんに似てよかった」

こうして面と向かってほめられるなんて、はじめてだ。なんと答えていいかわからなくなって、僕はそわそわと立ちあがる。

「ケーキもあるけど、食べる？」

「食べる、食べる」

ケーキをひときれ切りわけて、生クリームを添えて出した。母は引き続き旺盛《おうせい》な食欲を見せ、おかわりまで所望した。

「これも絶品。腕上げたんじゃない？」

「そう？　あ、今回はレシピも違うよ。これは店で教わったやつ」

本場じこみの、砂糖とバターを驚くほどどっさり入れるレシピだ。この濃厚な味わいに慣れてしまうと、日本の上品なケーキが物足りなくなってくるからおそろしい。

「ふうん、あの強面《こわもて》シェフの直伝ってこと？　甘いものとか食べそうになかったけど。作るのと食べるのって、関係ないの？」

「正造さんは意外に甘いものも好きだけどね」

答えてしまってから、僕は首をかしげた。先週末に会いそこねたはずの正造さんが、強面だと、なぜ母が知っているのか。

「会いにいっちゃった」

母がにやりと笑った。唇に生クリームがついている。

「は？　いつ？」

「今日の昼間……あ、もう昨日か」

「なんで？」

「こないだ会いそびれちゃったから。とりあえず頭下げて、菓子折渡してきた」

これで一件落着とばかりに屈託なく言われ、僕は頭を抱えたくなった。また勝手なことを。約束もせずにいきなり押しかけてこられて、正造さんたちは気を悪くしたのではないだろうか。

「行くなら行くで、せめておれに言ってくれよ。向こうの都合だってあるんだし」

「だって、行くなって反対されるかと思って」

僕は口をつぐんだ。そのとおりだ。

「仕事と仕事の合間で、そんなに長くはいられなかったけど、行ってよかった。お店の話もいろいろ聞けたし」

「失礼なこと聞いたんじゃないだろうな？」

「まさか。事実を確認しただけ。調査はわたしの仕事の基本だからね。特に、水面下で動くのは得意」

母が胸を張ってみせる。

「正造さん、怒ってなかった？」

僕はこわごわたずねた。

「別に。彼は最初に挨拶しただけで、すぐにひっこんじゃったから。後はずっと女三人でコーヒー飲みながらお喋《しゃべ》りしてた」

少しだけ、ほっとする。さしあたり最悪の事態は避けられたようだ。

「あの子、ええと、真衣ちゃん？　いい子じゃない。かわいいし、気も利くし」

「まあね」

まんざらでもない気分で答えた僕に、母は容赦なく続けた。

「でも、親はけっこう手強そうよね。ケイちゃんにお婿《むこ》さんがつとまるか、ちょっと心配かも」

「がんこそうに見えるけどいいひとだよ、正造さんは」

僕はため息をついた。正造さんはいいひとだけれど、がんこなのだ。

「違う、違う」

母が顔の前でひらひらとフォークを振った。

「お父さんじゃなくて、お母さんのほう。芳江さん、だっけ？」

「へっ？」

おっとりしていて品がよく、常に柔和な笑顔を絶やさない芳江さんが、「手強そう」？

「ケイちゃん、なんにもわかってないね」

母が鼻で笑った。あっけにとられている僕を尻目《しりめ》に、席を立つ。

「ああいうタイプが一番こわいの、ためこむから。爆発したらとんでもないことになるよ。きらわれないように注意しなさい」

ガラス戸を開け、ベランダに出ていく。冷たい空気が部屋の中に流れこんでくる。淡い朝日に照らされた背中を眺めるともなく眺めつつ、僕はゆうべ父に聞いた話を思い出していた。

家の中ではたばこを喫わない、それは僕が生まれる前に決められた約束なのだそうだ。

「美奈子さんが禁煙宣言をしたんだよ」

もとからそんなに喫わない父にとっては、さして苦痛ではなかった。大変だったのは、母である。なにせ筋金入りのヘビースモーカーだ。それでも、妊娠中から授乳を終えるまでは完全にたばこを断っていたという。

「その後も、啓太と一緒にいるときは、一切喫わなかった」

そういえば、そうだった。母の体にしみついたたばこのにおいは、僕にとって親しいものだ。でも、その煙をじかに吸いこんだ記憶は一度もない。

僕も外に出て、母の隣に並んだ。

「一本ちょうだい」

よれよれになった四角い箱とライターを、母が黙って僕の手のひらにのせた。ジッポーの確かな重みと、ひんやり硬い手ざわりを味わいながら、僕は箱から引き抜いた一本に火をつけた。

長い髪をなびかせ、たばこをくわえた母の横顔は、様になっている。その向こうに、赤く輝く小さな東京タワーがそびえている。

実を言うと、僕もここからの景色は悪くないと思っている。母が調子に乗ると癪《しゃく》なので、絶対に口には出さないけれど。

朝の光の中に、ふた筋の白い煙がゆっくりと流れていく。

真夏のすきやき

柱時計が鳴りはじめ、わたしは顔を上げた。ひとつ、ふたつ、みっつ、規則正しい音を数えながら、厨房《ちゅうぼう》のドアを横目でうかがう。四つ、五つ、六つ、そろそろだろうと思う。

十、と心の中で唱えたのと同時に、案の定、両開きのドアが片方だけ細く開いた。わたしはすばやくうつむいて、テーブルの上に広げた帳簿に目を落とした。

「お母さん」

呼びかけられて、首をめぐらせる。

「なあに?」

「今、時間ある?」

困っているような、甘えているような、そして少しばかり怒っているような、微妙な声音で真衣は言った。

「ちょっとだけ、手伝ってもらってもいい？」

わたしは椅子《いす》から立ちあがった。こうなることは予期していた。が、それを態度に出してはいけない。

調理台の上は、予想していた以上にしっちゃかめっちゃかだった。ボウルにバットにまな板、空になった肉や野菜のパックが雑然と置いてある。ボウルのそばには卵の殻と白身がへばりつき、バットの周りに白い粉が飛び散っている。コンロの脇《わき》には、ざるにあげたほうれん草と、卵焼きののった平皿が並んでいた。ほうれん草は見たところゆですぎのようだし、卵焼きの焦《こ》げめもやや濃すぎる気はするものの、どちらも食べられなくはなさそうだ。鶏肉《とりにく》も、半分ほどは衣がついている。

「あとはなにを作るんだっけ？」

調理台の隅に広げてある薄い料理本を、わたしはぱらぱらとめくった。表紙に〈はじめてでもかんたん・おいしいお弁当レシピ〉と大書され、図書室のラベルが貼《は》ってある。

「鶏のからあげと、ミートボールと、おにぎり」

「お米は？」

「炊《た》けてるけど、具はまだ」

「何時にうちを出るって言ってた?」

「十一時」

真衣はまだ部屋着のジャージ姿で、髪もぼさぼさだ。行き先が中学校であれ、友達の家であれ、出かける前の身支度には平均一時間を費やすことを考えれば、お弁当はあらかたできあがっているべき頃合である。

だから言ったでしょ、とか、もうちょっと早く作りはじめればよかったのに、とか、最初からお母さんにも手伝わせてくれれば、とか、よけいな文句が脳裏をよぎったけれど、飲み下す。

「とりあえず着替えてらっしゃい。お母さんが進めとくから、真衣も用意ができたら手伝って」

真衣が悔しそうにうなずいた。

次の日曜日に遊園地へ行く、と真衣が言ったのは、おとといのことだ。

「モモカちゃんと?」

わたしは聞いた。モモカちゃんと真衣は、幼稚園の頃から仲がいい。小学校も中学校も一緒に通い、親どうしも面識がある。中学でふたりともテニス部に入り、さらにこの春からはクラスまで同じになって、ますます距離が縮まっているようだ。

先週、夏休みに入ってからも、真衣はしょっちゅうモモカちゃんの家へ遊びにいっている。あんまり頻繁に入りびたっては迷惑じゃないかと気になるが、母親も歓迎してくれているという。彼女は娘ととても仲がいい。専業主婦で、父親は地方に単身赴任中なので、ふたりきりで過ごす時間が長いからかもしれない。背が高くて年齢よりもおとなっぽい雰囲気のモモカちゃんと並んでいると、姉妹か友達どうしのようにも見えるほどだ。真衣も彼女のことを、ナナミさん、と下の名で呼んでいる。本人の希望らしい。

「うん。あと、同じクラスの子も何人か来る」

「リエちゃんとか?」

わたしがあてずっぽうに言ってみたら、真衣はわずかに顔をしかめた。

「ううん、違う子。リエはもう同じクラスじゃないし。前も言ったよね?」

早口でまくしたてる。この「前も言ったよね?」と、「もう聞いた」のふたつが、真衣の最近の口癖である。

「ああ、そういえば」

わたしもいいかげんに聞き流しているつもりはないのだけれど、真衣には友達が多いからなかなか覚えきれない。

幼稚園のときから、社交的な子だった。誰とでもすぐに仲よくなり、クラスでも人気者らしかった。先生や友達の保護者からもほめられて、わたしも正造さんもびっくりした。両親ともに人見知りで、新しく知りあった相手とうちとけるのに時間がかかるほうなので、てっきり娘もそうだとばかり思いこんでいたのだ。

長所だとは思う。友達は多いに越したことはない。内気な親に似なくて、むしろよかった。ひとづきあいに限らず、なにかにつけて器用な子だ。勉強も運動もそつなくこなすので、真衣ちゃんはなんでもできていいわねえ、とナナミさんなどには感心されるし、親としても誇《ほこ》らしく感じる。

ただ、自分にあまり似ていない娘のことが、わたしはときどきよくわからなくなる。ここのところ、特に。

「でね、お弁当持っていくことになってるから」

気を取り直したように、真衣が口調を和らげた。

「そう。おかず、なにがいい?」

夏場だから傷みにくい献立にしよう、とわたしはすでに頭の片隅で算段をはじめていた。いつもどおり、自分が作るつもりだったのだ。

「ううん、あたしが作る」

と言われて、驚いた。

中学二年生にしては、真衣は家のことを手伝ってくれるほうだと思う。もともと自分のことは基本的に自分でやる子だったけれど、わたしが仕事に復帰して以来、その傾向が強まった。夏休みがはじまってからは、洗濯ものをとりこんでたたむのと、お風呂《ふろ》の掃除は、ほぼ毎日真衣に任せてしまっている。

ただし、料理はしない。

真衣本人の意思というより、わが家の構造上の問題だ。うちは、一階がレストラン、二階が住居になっていて、店の厨房が家族の台所を兼ねている。つまり、厨房兼台所は、正造さんの場所なのだった。仕事場とも、お城とも言い換えられる。わが子といえどもみだりに立ち入ってほしくないというのは、料理人としてはごく自然な気持ちだろう。一応は一家の主婦であるわたしですら、朝昼の食事や真衣のお弁当を作るために厨房を使うときには、うっすらと緊張してしまう。

物心ついた真衣に、正造さんとわたしは厨房への立ち入りを禁じた。家業云々《うんぬん》ではなく、危ないから、と説明した。包丁もオーヴンも食器洗浄機も、幼児が不用意にふれれば凶器になりうる。一般家庭でも、同じ理由でもって、キッチンには勝手に入らないよう子どもに言い渡している親は少なくないだろう。幸い、レストランの客席や厨房を通らなくても、二階の家には裏の勝手口から直接出入りできる。外から入ると、半畳ほどの狭いたたきの奥に、上りの階段と厨房に続くドアが並んでいる。このドアを開けてもいいが、中へは絶対に入らないこと、と正造さんは幼い真衣に約束させた。お父さんやお母さんに用事があるときは、ドアを開けて呼びなさい。

真衣は言いつけを守った。当時、わたしは店には出ず、一日の大半を二階で娘とともに過ごしていた。そうでないときも、かわりに正造さんが真衣と一緒にいてくれるので、特に不都合はなかった。

真衣が幼稚園に上がってしばらく経《た》った頃に、一度だけもめた。きっかけは、モモカちゃんだった。母親が食事のしたくをするときや、おやつを作るときに、娘もお手伝いと称してキッチンに立っていたのだ。家へ遊びにいった真衣もそこに加わり、ゼリーだかカップケーキだかを作らせてもらって、すっかり魅了されたようだった。帰宅した後も、真衣もお手伝いする、と言い張って譲らない。これまでがまんしてきた厨房への好奇心とあこがれが、一気に爆発したようでもあった。

どうすべきか夫婦で話しあった。定休日に限っては厨房に入ってもいいことにするとか、さらに時間を制限するとか、いくつか案は出たが、やはりまだ早いというのが正造さんの結論だった。下準備から後片づけまでが料理であって、それらをすべてひとりでこなせるようになるまで待つべきだ、と。

「いいか、真衣。料理の楽しみかたはふたつある」

正造さんは娘を諭した。

「作ることと、食べること。子どもの仕事は、作ることじゃなくて、食べることだ。真衣がおいしく食べてくれれば、お父さんもお母さんもうれしいし、一番のお手伝いになる」

わたしは横ではらはらして聞いていた。四歳児にこの理屈がのみこめるだろうか。

「真衣がもっと大きくなって、もし手伝ってくれるなら、そのときは一緒にやろう」

真衣はまだ不服そうながらも、正造さんの真剣な顔つきに気圧《けお》されたのか、こくりとうなずいた。日頃は無口な父親にしては珍しく、言葉を尽くして説得しようとする姿にも、なにかしら感じるところがあったのかもしれない。

それ以降、真衣が厨房に入りたいと駄々をこねるようなことは、一度もなかった。

まずは、からあげの衣をつけてしまうことにした。熱々ではお弁当箱に詰められないから、早く揚げたほうがいい。

手を動かしつつ、頭の中で段取りを組みたてる。おにぎりの具も準備しなければいけない。塩鮭《しおざけ》を焼いてほぐすのにも、そこそこ時間が要る。あとは手のかからない梅干しとおかかあたりでごまかそう。それからミートボールも、タネを作るところからはじめるなら、けっこう時間がかかる。かわりに、店で出しているシャルキュトリーを入れてもいいかもしれない。ちょっとしたオードブルふうで、中学生には目新しいだろう。

「お弁当はね、持ち寄りなんだ。お弁当係とおやつ係の二手に分かれてるから、量は二人前くらいだね」

友達との遠出がよほど楽しみなのか、おとといの真衣はいつになく機嫌がよかった。

「おかず、なにがいいかなあ。お母さんはどう思う？」

わたしのほうも、内心ではうれしかった。幼くして父親に言い含められて以来、真衣は厨房ばかりでなく料理に対する興味まで失ったようで、うすうす気になっていたのだ。コックの血をひいている娘に、そういう素質がないはずはないのに、親の勝手で将来の芽を摘みとってしまうのはしのびない。

「夏場だから、悪くなりにくいものがいいかもね。大勢で食べるなら、おかずはつまみやすいようにひとくちサイズにして、つまようじをつければ？」

「そっか、なるほど。おにぎりも小さめがいいかな」

真衣のほうからこうして意見を求めてくるのも、ひさしぶりだった。反抗期というほどではないが、中学に入ってからめっきり口数が減っている。昔は家へ帰ってくるなり、家事をしているわたしにくっついて回ってあれこれ話しかけてきたものだったのに、今やさっさと自室にこもってしまう。中学二年生ともなれば、なんでもかんでも親に報告しなくて当然なのかもしれないけれど、少しさびしい。そうかと思えばいやに饒舌《じょうぜつ》な日もあって、落差に戸惑わされる。

「あ、買いものはお願いしてもいい？　うちにあるものとないもの、あたしにはわかんないし。献立決めたら材料書き出しとく。作るのは、自分でやるから」

「そう？　お母さんも手伝うよ」

自分ひとりのためだけならまだしも、友達の分まで作るなんて荷が重いだろう。真衣にとって、厨房で本格的に料理をするのは今回がはじめてなのだ。これまではせいぜい、お茶を淹《い》れたり、作り置きのカレーやシチューをあたためたりする程度だった。

「平気、平気。そんなに難しいものは作んないし。楽しみだってモモカたちにも言われちゃった。みんな、うちがレストランって知ってるからね」

うちがレストランだと知っていても、真衣がろくに料理をしたことがないというのは、知らないんじゃないか。

「ほんとに大丈夫？ お友達の分まで作るんでしょう？ ひとりじゃ大変なんじゃない？ お母さんとふたりでやったほうが……」

わたしが食いさがると、真衣はさっと表情を曇らせた。

「だから、大丈夫だってば」

うっとうしそうに言い捨てて、部屋を出ていってしまった。翌日に買いもののメモを渡してきたときも、お願いします、とあくまで他人行儀だった。わたしもそれ以上は口を出さないことにした。

でもやっぱり、大丈夫じゃなかったわけだ。手伝ってほしいと最初から頼めばいいのに、素直じゃない。

深めのフライパンに油をたっぷり入れて、火にかける。揚げものは慣れていてもわりと難しいから、任せてもらってよかった。油の中に沈めておく時間が短すぎては、中まで火が通りきらないし、長すぎては表面が焦げたり肉が硬くなってしまったりする。新婚時代、苦戦しているわたしに、音を聴けばいいと正造さんは教えてくれた。揚げ油のぱちぱちとはじける音が、ほんのわずかに高くなるまで待つ。そこですぐにひきあげれば、衣はからりと香ばしく、中はしっとりとジューシーにしあがる。助言に従い、コンロの前で耳をすますようになってからは、生焼けも揚げすぎもぐんと減った。

そう考えると、真衣がちょっと不憫《ふびん》になってくる。わたしたち親は、あの子に料理をほとんど教えてやっていない。慣れない厨房で何品も同時に作ろうとしたら、手こずるのも無理はない。

「お手伝い」をあきらめさせられた直後、しょんぼりと沈んでいる真衣がかわいそうで、わたしなりに妥協策を講じたこともあった。火や水を使わない一部の工程だけなら、二階の食卓でもできなくはない。きぬさやの筋やもやしの根っこをとったり、餃子《ギョーザ》を包んだり、クッキーの型抜きをしたり、といったような作業だ。が、何度かやってみて、真衣自身の熱が冷めた。食材や調理器具を持って階段を上り下りするのは手間がかかるし、調理台でやるのに比べて効率も下がる。子ども心にも、これでは手伝いになっていないと感じたのかもしれない。敏《さと》い子なのだ。

あとは、家族全員で食べられる日曜日の夕食を中心に、なるべく食卓で調理している感覚を味わえるような献立を工夫してもみた。手巻き寿司に鍋《なべ》料理といった定番をはじめ、変わり種のチーズフォンデュや生春巻にも挑戦した。ホットプレートも新調した。こちらは、今も根づいている。土鍋に具材を入れるのも、ホットプレートに肉や野菜を並べるのも、ひきあげる頃合を判断するのも、真衣の役目だ。はじめは横から細かく指導していた正造さんも、そのうちになにも言わなくなった。免許皆伝である。

でも残念ながら、遊園地にホットプレートは持っていけない。

鶏肉をひときれずつ、油がはねないようにそろそろと沈めていく。はじける油の音に、しばし耳を傾ける。

きつね色に染まっていくからあげを見下ろしながら、あ、とわたしは思いあたった。この緊張感は、思春期の娘と接するときのそれと、なんだか似ている。相手の状態を用心深くみはからい、一瞬の好機を逃さず、すみやかに適切な対応をしなければならない。うっかり気を抜くと、取り返しがつかない。

十時四十五分、無事にすべての料理ができあがった。

「真衣、まだかかりそう? 中身はひととおりできたけど、詰めちゃっていい?」

階段の下から、わたしは真衣に呼びかけた。ドライヤーの音がかすかに聞こえてくる。

もっと大声を張りあげようか、二階に上ろうか、つかのま迷ったところで、短い返事が降ってきた。

「ありがとう」

わたしは厨房に引き返し、食器棚の奥から、ひらたい正方形のお弁当箱をふたつ出した。

真衣が小学二、三年生くらいまでは、店が休みの日にはよくこれを持って、家族三人で近所の公園に出かけたものだ。ここ数年はそういう機会もなくなってしまっていたから、出番は小六の運動会以来だろうか。かつては家族そろって過ごしていた日曜日に、真衣は両親を置いて友達と遊びにいってしまう。今日みたいに。

からあげと卵焼きとほうれん草のごまあえで、ひとつめのお弁当箱の、四分の三ほどが埋まった。彩《いろど》りがてら、色とりどりの夏野菜を煮こんだラタトゥイユと、クミンを利《き》かせたキャロットラペも、少しずつ入れてみる。どちらも店で人気の前菜で、きらさないように作り置いてある。ふたつめには、ピンポン玉くらいに小さく握った三種類のおにぎりを、まず詰めた。鮭とおかかはごはんにまぜこみ、梅干しにだけ海苔《のり》を巻いている。三色を交互に並べたら、見ためにもかわいらしい。こちらは三分の一ほど空いたので、ミートボールのかわりに、ひとくちサイズのハンバーグも入れた。ハンバーグは真衣の好物だ。正造さんは店で出す分をしこむついでに、余ったタネを小さくまるめ、お弁当用に冷凍しておいてくれる。そのままフライパンで焼くだけで主役の一品として使えて、重宝している。隙間《すきま》に、さっとゆでた自家製のソーセージも二本、小さめに切って加えた。若い子には肉が喜ばれるだろう。色あいがさびしいので、あまり喜ばれなさそうなパセリも添えておく。

真衣はまだ降りてこない。しあがりを見せるひまはなさそうだ。

わたしはお弁当箱のふたを順に閉め、重ねて大判のハンカチですっぽり包んでから、手さげ形の保冷バッグに入れた。ファスナーを閉め終えたのとほぼ同時に、階段のほうから騒々しい足音が響いてきた。

どたどたと厨房へ駆けこんできた真衣は、大きなボストンバッグを抱えていた。遊園地に併設されたプールにも入るらしいので、着替えやタオルがかさばっているのだろう。

「お母さん、ありがとう。助かった」

ずしりと重い保冷バッグを、両手でうやうやしく受けとる。ほとんどわたしに作らせてしまって、申し訳ないという気持ちはあるようだ。

「ちょっと多めかもしれないけど、がんばって食べてね」

「余裕だと思う。みんな、よく食べるし」

時計が十一時を告げている。

「じゃあ、気をつけてね」

「はあい」

威勢のいい返事を残し、真衣は勝手口へ突進していく。厨房のドアの向こうで、柱時計が十一時を告げている。

わたしがひとりで調理台を片づけていたら、正造さんが厨房に入ってきた。

「やっぱり手伝ったのか」

非難がましく言う。

「しかたないじゃない。まにあわないって言うから」

「あいつも困ったもんだ、口先ばっかりで。せめて片づけはやらせたらいいのに」

「よけい、まにあわないでしょ。いいじゃない、真衣が料理を作りたがるって、わたしはうれしいもの」

わたしは答え、そして気づいた。正造さんも、きっとうれしいのだ。だからこそ、こうして中途半端《はんぱ》な結果に終わってしまって、残念がっている。

「ともかく、厨房を散らかされるのは困る」

正造さんはばつが悪そうにつぶやいて、わたしの横を素通りし、流しの前に立った。

わたしが気づいたというのを、正造さんも気がついたようだった。二十年近くも一緒にいるからか、そういうことはよくある。

「ねえ、中学生のときに、友達と遊園地って行ったことある？」

置きっぱなしになっていたフライパンを洗いはじめた正造さんの大きな背中に向かって、わたしは問いかけた。水音に重なって、予想どおりの答えが返ってきた。

「ない」

わたしもない。

中学生が友達どうしで遊園地に出かけるなんて、当時のわたしにはとても考えられなかった。家が厳しかったし、休みの日に友達と誘いあわせて会うこと自体、めったになかった。小学校から短大まで一貫の私立女子校に、わたしは通っていた。わたしを含め、ほとんどの生徒が電車通学をしていた。遠方から一時間も二時間もかけて通ってくる子さえいた。それだけの価値があると一部で信じられているような、伝統のあるお嬢様学校だったのだ。

でも、おそらく真衣とわたしの違いは、友達が近くに住んでいるかどうかだけではない。たとえ近所の公立中学校に通っていたとしても、わたしは家でおとなしく母と休日を過ごしていただろう。

休日に限らず、母娘《おやこ》ふたりきりの時間は長かった。父は仕事が忙しく、ほとんど家にいなかったからだ。娘を一人前に育てあげることに、母はありったけの情熱を注いでいた。立居ふるまいから、礼儀作法、生活態度、服装や髪型にいたるまで確固とした信念があった。わたしがその理想から少しでもはずれようものなら、きつくとがめられた。はしたない、みっともない、まともなおうちのお嬢さんとは思えない、などと嘆かれもした。反対に、母の期待に応《こた》えれば、惜しみなくほめてもらえた。

「よっちゃんは本当にいい子ね。特別、いい子。お母さんは誇らしいわ」

優しく頭をなでられて、わたしが無邪気に舞いあがっていたのは、うんと小さい頃までだ。それ以後も、ほめられてうれしくないわけではなかったけれど、すでに身の程はわきまえていた。わたしは目立つような才能も特技もない、平凡な娘だった。特別だと感じてくれるのは母くらいだ。

母はまた、おそろしく心配性だった。たとえば、学校帰りのわたしを毎日駅まで迎えにきた。小学校に入学してから高校を卒業するまで、雨の日も雪の日も欠かさずに。携帯電話もない時代で、わたしは電車に乗る前に、公衆電話から家にかけた。電話を受けた母は、到着時刻に合わせて最寄り駅に向かう。悪天候や事故で電車が遅れると、母を駅で待たせるはめになった。車両の中に閉じこめられたわたしはじりじりして、一刻も早く電車が動き出すように祈った。三十分でも一時間でも母は待っていた。いつもどおり改札口の正面に立ち、あせってホームから駆けてくる娘を、笑顔で迎えた。わたしは今でも、電車の遅延に巻きこまれるたび、誰かを待たせているわけではなくても妙にそわそわしてしまう。

最寄り駅から家までは、歩いて十分もかからなかった。中学に入った頃だったか、ひとりで帰れるとわたしは申し出てみた。母は聞く耳を持たなかった。

「よっちゃんはまだ子どもだから知らないだけで、世の中には危ないことがたくさんあるの」

と、おおまじめな顔でわたしを諭した。

「でも心配しないで。お母さんが守ってあげるからね」

わたしはずっと、そういうものだと思っていた。

不自由だとも、理不尽だとも、だから特に感じなかった。同級生の家庭環境も、だいたい似たりよったりのようだった。母の厳格なしつけも、いささか度を越した過保護ぶりも、愛情のなせるわざだと理解してもいた。母はわたしに幸せになってほしいのだ。良家にふさわしい品性を身につけ、立派な夫と結婚し、家を守り、子どもをしっかりと育てあげる。それはつまり、母のたどってきた人生そのものだった。

母の言うとおりにしていれば、間違いはない。わたしの学校も、習いごとも、洋服も靴もかばんも、短大での専攻分野さえ、母が選んだ。

わたしの結婚相手も、母は自ら選ぶつもりだったはずだ。

「そういえば、ラタトゥイユとラペをちょっとだけもらっちゃった」

流しに向かっている夫に、わたしは話しかける。

「あとソーセージも、二本」

「そうか。追加でしこんどくかな」

真衣が帰ってきたら、お弁当の反響を聞いてみよう。日曜は、家族三人で夕食をともにできる、唯一《ゆいいつ》の曜日だ。真衣ともゆっくり話せる。

「今晩、なに食べる?」

調理台をきれいに拭《ふ》きあげて、わたしは正造さんにたずねた。

週が明けて水曜日の夜に、ナナミさんがうちの店にやってきた。絵画教室の仲間たちと一緒だった。週に一度のレッスンがすんだ後に、近所の店で食事をするのが恒例になっているそうで、ひと月かふた月に一回の割合でうちにも現れる。女性四人でワインを三、四本は空けてくれる、ありがたいお客様である。

席に案内し、おしぼりと水とメニュウを運ぶ。ナナミさんがナプキンを膝《ひざ》に広げながら、にこやかに会釈《えしゃく》した。

「こんばんは」

「こんばんは。真衣がいつもお世話になって、すみません」

わたしは頭を下げた。昨日もおといも、真衣は部活の帰りにモモカちゃんのうちへ遊びにいっていた。

「いいの、いいの。真衣ちゃんが来てくれると、わたしも楽しいから。それより、日曜日の遊園地って……」

ナナミさんが続けかけたところへ、すみません、と別のテーブルから声がかかった。

「後で、また」

わたしは一礼し、テーブルを離れた。ちょうどよかった。ナナミさんはいったん喋《しゃべ》り出すと長くなる。知りあったばかりの頃は、こんなふうにところかまわず話しかけてくるところがちょっと苦手だったけれど、悪いひとじゃない。今ではこっちも慣れてきて、やんわりと会話を切りあげられるようにもなった。

ナナミさんたちの少し前に来店していたお客さんの注文をとり、また別のテーブルに呼びとめられてグラスワインのおかわりを頼まれ、厨房で正造さんにオーダーを伝え、できあがった料理を運ぶ。入口のドアが開き、また一組、新しいお客さんがやってくる。いらっしゃいませ、と声を張る。

わたしが仕事に復帰したのは三年前、真衣が小学五年生になった年だ。結婚前から真衣が生まれるまで、わたしはここで接客を担当していた。十年にもおよぶ長い育児休暇を経て、職場に戻ってきたことになる。

もともと、子育てが一段落したら、また働くつもりだった。接客の仕事は好きだし、店に愛着もある。ただ、真衣がある程度大きくなったらそのうちに、と漠然と考えていただけで、時期は明確に決めていなかった。

最大の気がかりは、真衣の夕食だった。それまでは、正造さんが作ってくれたまかない料理を二階の食卓まで運び、母娘ふたりで食べていた。正造さんは閉店後に同じものを食べる。ラストオーダーは九時なので、店を閉めるのは早くても十時頃、遅いと十一時を回る。わたしも店に出るとすれば、その時間に食べることになる。そんなに遅くまで真衣を待たせるわけにはいかないから、先にひとりで食事をさせなければならない。幼い娘に孤独な夕食を強いるのは、気が進まなかった。

ところが、長年にわたって接客を担当してくれていたパートの女性が、家庭の事情で辞めることになった。ただちにアルバイトの募集をかけたものの、後任は見つからなかった。レストランでの接客経験があること、週六日とも出勤してもらえること、長期で続けられること、と条件が厳しすぎるのかもしれない。おまけに、うちには気難しいシェフがいる。正造さんと相性がいいこと、というのも隠れた必須《ひっす》条件である。

「お母さんがやれば？　昔もうちで働いてたんでしょ？」

言い出したのは、真衣だった。

「でも、真衣の夕ごはんが」

「大丈夫だよ。もう五年生だし。モモカもナナミさんが遅い日はひとりで食べてるよ」

「それは毎日じゃないでしょう？」

「だけど、うちは朝ごはんもみんなで食べるじゃない。学校が休みの日は、昼ごはんも」

まるでわたしを慰めているような、おとなびた口ぶりだった。そして最後に、もっともらしくつけ足した。

「お母さん、ほとんど家の中にこもりきりでしょ。ちょっとは店にも出たほうがいいよ」

今頃、真衣は二階でまかないのオムライスを食べているはずだ。

今日はひさびさに、一日中家で過ごしていた。部活は休みで、モモカちゃんも留守だったらしい。

「おやつ、作ってもいい？」

朝食の後で、真衣は言った。お弁当のときのようにはねつけられるかもしれないと思いながらも、わたしは持ちかけてみた。

「お母さんも一緒にやろうか？」

「うん。教えて」

真衣は殊勝に答えた。ちゃんと片づけもするようにと釘《くぎ》をさした正造さんには、わかってるってば、とむっとした顔つきで言い返していたけれど。

ふたりでレシピカードをめくって、カスタードプリンを選んだ。材料をまぜて蒸し焼きにするだけなので、一時間もかからずにできあがる。一番の難関といっていいカラメルの焦がしかげんも、上手にできた。冷やしておいて、夕方、店を開ける前に試食した。

「おいしいね」

真衣はうれしそうだった。わたしの気持ちもはずんでいた。わたしにとっても、これは娘と一緒に料理をする、はじめての機会だったのだ。

あのお弁当をきっかけに、真衣にもやる気が芽生えたのだろうか。要領がいいように見えて、案外、努力家の一面もあるのだ。これを身につけたいと決意するやいなや、特訓がはじまる。さかあがりも、九九も、リコーダーもそうだった。日曜日や、真衣が夏休みの間は平日の午前中も、厨房を使わせてやれる。わたしもなるべくつきあおう。

店に最後まで残ったのは、ナナミさんたちだった。デザートと食後のコーヒーを出す頃には、それ以外のテーブルはすべて片づいていた。

「日曜日、大成功だったみたいねえ」

陽気に話しかけてきたナナミさんは、若干ろれつがあやしかった。ワインが回っているようで、顔もほんのりと赤らんでいる。

「よかったです」

わたしはあいまいに言葉を濁した。成功、というのは、皆が遊園地を満喫できたという意味だろうか。

日曜日、夕食の席で真衣は言葉少なだった。楽しかったよ、お弁当も評判よかった、ありがとう、それで話はおしまいだった。疲れているのに根掘り葉掘り問いただしてまた機嫌をそこねられても困るので、そっとしておくことにした。

「真衣ちゃんのおべんと、ものすっごくおいしかったってモモが言ってた。食べすぎておなかがふくれちゃって、水着になるのが恥ずかしかったって。なんのために行ったのよ、ねえ？」

ぐにゃぐにゃと体を揺らしながら、ナナミさんは言う。モモカちゃんは真衣と違って、あの日のできごとを母親にしっかり報告しているようだ。

「おいしかったおいしかったってあんまり言うもんだから、うらやましくなってきて。また今度うちにも作ってきてよって、真衣ちゃんにリクエストしちゃった」

グラスの底にほんの少し残っていた赤ワインを、ナナミさんは勢いよくあおった。

「それにしても、真衣ちゃんってほんと、なんでもできちゃうのね。料理までうまいって、ちょっとずるいんじゃない？　うちのモモとは大違い」

彼女は、とりわけ酔っているときには、真衣をほめちぎる反面、わが子をくさすふしがある。おせじや謙遜《けんそん》というわけでもなく、純粋にうらやましそうで、毎回わたしはどう答えたらいいものやら困ってしまう。

「いえいえ、うちの子も料理は全然」

空になったグラスをひきとり、慎重に言った。

「またまたあ。モモ、めちゃくちゃ感激してたよ」

「あのお弁当は、ほとんどわたしが手伝ったので」

「へ?」

ナナミさんがぽかんと口を半開きにした。それから、けたけたと笑い出した。

「なあんだ、そうだったんだ」

笑いすぎて、むせている。ナナミさんの連れが背中をさすった。

「ナナミ、今日ちょっと飲みすぎなんじゃない?」

「ぜんっぜん。余裕、余裕」

ナナミさんが大きく首を振って、わたしに思わせぶりな上目遣いをよこした。

「じゃあ芳江さん、いい仕事したじゃない。真衣ちゃん、無事にトオルくんの胃袋つかめたみたいだし」

にやにやと笑いかけてくる。なにを言われているのか、一瞬わからなかった。いい仕事? トオルくん? 胃袋?

気づけば、わたしは手に持ったワイングラスの脚をきつく握りしめていた。

そんな話は、知らない。なんにも聞いていない。これもモモカちゃんが喋ったのか、ひょっとして、真衣自身が相談したのだろうか。

「モモはだめだったみたいだけどね。まあしかたないか、冷凍食品ばっかだったし。わたしも手伝ったほうがよかったかなあ。だけど料理はいまいち苦手なんだよなあ」

絶句しているわたしをよそに、ナナミさんはまだぶつぶつ言っている。

ナナミさんの言葉をつなぎあわせれば、鈍いわたしにも事の次第は見当がついた。あのお弁当を、真衣は自力でこしらえたという体《てい》で友達にふるまったようだ。悪気はなかったのだろう。むやみに見栄《みえ》を張るような子でもない。ナナミさんの話では、お弁当は友達の間で大好評だったそうだから、感心されほめられて、後にひけなくなってしまったのではないか。そこに好きな男の子もいたのだとしたら、なおさら。

どうやら真衣は恋をしているらしい。はじめてなのか、それともわたしが知らなかっただけで、前にもそういうことがあったのか。いずれにせよ、わたしよりはずっと早い。

わたしがはじめて恋をしたのは、二十歳《はたち》のときだ。

短大を卒業したわたしは、例によって母からすすめられるまま、習いごとに精を出していた。茶道、華道、洋裁、着つけ、料理、曜日ごとにさまざまな教室に通い、その合間に母から家事のいろはを教わった。いわゆる花嫁修業だ。この頃には、さすがの母も、娘が外出するたびに迎えにくることはなくなっていた。教室はどれも家の近くだったし、出かけるのは日中の数時間だけで、暗くなるまでには帰宅できた。習いごとによっては、生徒どうしが仲よくなって、ついでにお茶を飲んだり食事をしたり、教室の外でも交流が広がっているようだったが、わたしはそういう輪の外にいた。迎えにはこなくても、母は家で娘の帰りを待っている。講師の雑談が長びいて、ほんの十分ほど終了時刻を過ぎただけでも、門の前まで出てきている。そのくせ、母の姿をみとめたわたしがあわてて駆け寄っていくと、走ったら危ないとしかるのだった。

例外は、料理教室だった。

その少し前に、わたしの父が世話になっていた上司の娘さんが、西洋料理研究家として独立し、自宅で教室を開いたのだ。わたしの家から電車で二十分ばかりの、閑静な高級住宅地に建つ広大なお屋敷に、彼女はひとりで住んでいた。わたしよりふた回り以上も年上なので、母と比べてもいくつか年輩のはずだったが、外見はずっと若々しかった。にぎやかなことが大好きで、週に一度のレッスンのほか、ホームパーティーやら有名レストランでの食事会やらを次々に企画しては生徒たちを誘う。普通なら、断りなさいと母から言下に命じられそうなところだが、今回ばかりは父の立場がある。

なるべく参加するようにと、わたしは当の母に言い渡された。

教室ではわたしが最年少で、他の生徒は先生と同年代だった。さして親しくもない、しかもはるかに年上の女性たちにまじって過ごすなんて、はじめは億劫《おっくう》だったけれど、慣れるにつれて楽しめるようになった。生徒どうしは、苗字《みょうじ》ではなく下の名前をさん付けにして呼びあっていた。とびぬけて若いわたしだけは、ちゃん付けになった。母とほぼ同じ世代の生徒たちは、境遇もまた母と似通っていた。母の言葉を借りれば「育ちのいい」奥様たちで、夫も子どももいる。それなのに、なぜこうも雰囲気が違うのか、わたしにとっては謎《なぞ》だった。

その謎は、ほどなく解けた。人生に対する根本的な姿勢が、異なるのだ。彼女たちは優雅で貪欲《どんよく》だった。自分のためにお金と時間を惜しみなく費やし、めいっぱい日々を楽しみつくそうとしていた。彼女たちにかわいがってもらえばもらうほど、わたしは後ろめたい気持ちにかられた。母の知らない世界に、片足を、いや片足の爪先《つまさき》を、踏み入れてしまっている気がした。教室でのできごとを家で話すときにも、言葉を選んだ。

料理教室にひとりだけ男性がいることも、母には話しそびれていた。彼女の生徒ではない。彼は先生の助手として、雑用や簡単な指導にあたっていた。彼女の行きつけのレストランで見習いをしていて、その縁でこちらも手伝うことになったという。見上げるような大男に、初対面のときにはひるんだけれど、調理場での彼は思いのほか目立たなかった。わたしたちよりも半歩後ろにひっそりとひかえ、誰かが助けを必要としているときにだけ、慎《つつ》ましく進み出て手を貸してくれる。正造さん、と先生がこれも下の名前で呼びかけるので、生徒たちも自然にならった。わたしもだ。呼ぶといっても声に出すことはごくまれだったが、ともあれ、男のひとを下の名前で認識するなんて、はじめての経験だった。

わたしたちが言葉をかわすようになったのは、キッチンの隣にある食堂でその日の献立を試食するとき、向かいあわせに座るからだった。

細長いテーブルの両側に、生徒十人に先生と正造さんを合わせた十二人が、二列になって座った。毎週同じ面子《めんつ》で集まっているうちに、席順は暗黙の了解として定まっていった。先生はキッチンから一番近いテーブルの端に、最年長の生徒がその真向かいに、そうしてわたしと正造さんの定位置は、彼らとは反対の端だった。

わたしも正造さんも、自分から発言することはまずなかった。ナイフやフォークを動かしながら、皆のお喋りに耳を傾けていた。四、五十代の女性が十人も集まれば、会話はいつまでもとぎれない。たまに、テーブルの中ほどで話が盛りあがり、わたしたちだけが取り残されてしまっているときに限って、気を遣うのだろう、正造さんはわたしにぼそぼそと話しかけてくれた。その日にこしらえた、ミートローフやローストチキンやアップルパイの、感想だの手順だのコツだのをぽつりぽつりと言いかわした。

ホームパーティーでも、気づけばわたしたちはそばに立っていることが多かった。大人数が集まる場では、ふたりとも半ば無意識のうちに、壁際《かべぎわ》に寄っていってしまうのだ。目が合えば、遠慮がちに言葉をかわした。このときも話題は料理一辺倒で、個人的な話はなにひとつしなかった。

個人的な話はしなくても、わたしは正造さんに親しみを覚えるようになっていた。テーブルの端に座り、部屋の隅に立つわたしたちは、明らかに似た者どうしだった。けれど、だからこそ、どちらも個人的な話にふれかねていた。

半年ほどが経った冬の夕方、わたしは先生の家に忘れものをしてしまった。習った内容を書きとめておくノートだ。

わたしたち生徒は、教室が終わった後、駅まで十五分ばかりの道のりを連れだって歩いていた。改札の手前でノートがないと気づいたわたしは、みんなと別れて先生の家へ引き返した。まだ五時頃だったはずだが、あたりは薄暗かった。住宅街の間をくねくねと走る細い道に人影はなく、ひんやりと静まり返っていた。

背後から足音が聞こえてきたのは、ノートを受けとり、先生の家を後にして数分後だった。

最初はたまたまだと思った。思おうとした。でも、わたしが足を速めても、足音はついてきた。駆け足になっても、何回角を曲がっても、変わらずついてきた。泣きそうになりながら、わたしはついに全力で走り出した。こわくて振り向けなかった。頭の中に、母の声がわんわんと響きわたっていた。よっちゃんはまだ子どもだから知らないだけで、世の中には危ないことがたくさんあるの。

無事に駅前の大通りに出られて、胸をなでおろした。師走《しわす》の街には華やかなあかりがともり、人々が楽しげに行き来していた。

けれど、安心するのはまだ早かったのだ。

どん、と肩に鈍い衝撃を受けて、わたしはよろめいた。後ろばかり気にして、前がおろそかになっていたらしい。

「すみません」

ぶつかってしまった相手は、見知らぬ若い男だった。謝るわたしに顔を近づけて、浮かれた調子で声をかけてきた。

「おねえさん、かわいいね。飲みにいかない？」

吹きかけられた息から、酒とたばこのよどんだにおいがした。断ることも逃げることもできず、わたしは立ちすくんだ。今にして思えば、軽い気持ちで誘っただけで、さして害のない酔っぱらいだったのかもしれないが、免疫《めんえき》のないわたしには凶悪な人さらいに見えた。

悲鳴を上げかけたとき、目の前にぬっと壁が現れた。男の姿が視界から消えた。一拍おいて、壁は振り返った。正造さんだった。その向こうに、すごすごと去っていく酔っぱらいの後ろ姿が見えた。

正造さんはわたしを駅まで送っていくようにと先生に言われて、追いかけてきたという。後ろから呼びとめようとしたら、わたしが突然ものすごい勢いで走り出したので、どうしていいのかわからないまま、とにかくついてきたらしい。

「ごめんなさい。勘違いしてしまって」

恥ずかしいやら、申し訳ないやらで、わたしはただただ恐縮するしかなかった。

「こちらこそ、すみません。こわがらせてしまって」

「ありがとうございました。では、これで」

最後に深く一礼し、そそくさと歩き出そうとしたら、正造さんがわたしの隣に並んだ。

「駅まで送ります」

その日から、わたしは週に一度の料理教室をそれまで以上に心待ちにするようになった。

正造さんとどうこうなりたいと考えたわけではない。姿を見るだけで心がはずみ、向かいあわせに座るだけで満足した。言葉をかわした日は、家に帰った後も、他愛《たわい》のないやりとりを何度となく反芻《はんすう》した。ホームパーティーでは、以前のように偶然に任せるのではなく、さりげなく正造さんのそばへにじり寄った。

この気持ちは誰にも気づかれていない、とわたしは自信を持っていた。ある日、先生にひそひそと耳打ちされるまでは。

「芳江ちゃん、正造さんのことが好きなの？」

体中の血が、頭に上っていくのを感じた。顔がびっくりするほど熱かった。

「もしよかったら、応援してもいい？」

先生は楽しそうに言った。

ナナミさんから話を聞いた、と真衣に伝えるのはやめておいた。

もうすんだことだ。誰かに迷惑をかけたわけでもない。日曜の晩、遊園地から帰ってきた真衣の元気がなかったのは、友達にうそをついてしまったのを反省していたからなのかもしれない。もとはといえば、わたしがよけいな手出しをしたせいだともいえるし、詮索《せんさく》するのも気がひける。トオルくんの話も気になるけれど、こちらも話題が話題だけに、下手に探りを入れたら逆鱗《げきりん》にふれるおそれがある。ともかく、あの日曜日のことは、蒸し返さないでおこうと決めた。

翌日の木曜日、朝から部活の練習に出かけていった真衣は、昼過ぎには家へ戻ってきた。

「おかえり。早かったね」

勝手口から入ってきた娘を、わたしは厨房で迎えた。正造さんとふたりで、じゃがいもの皮をせっせとむいている最中だった。真衣はなんとも答えず、つかつかと調理台のそばまでやってきて、わたしの前に仁王立ちになった。

「なんでナナミさんに喋ったの？」

なんの話か、わたしにはすぐさまぴんときた。なにも知らない正造さんは、きょとんとしている。

「どうしてそんな、よけいなことすんの？」

真衣がうわずった声でたたみかけた。けんか腰でわたしに食ってかかるなんて、小学校低学年、いや、幼稚園のとき以来かもしれない。最近では、不愉快そうに黙りこくったり、ぷいと部屋を出ていってしまったりはしても、血相を変えてかみついてくるようなことはなかった。

「こっちから喋ったわけじゃなくて、ナナミさんが勘違いしてるみたいだったから……」

弁解するわたしを、目をつりあげてにらみつけてくる。

「信じらんないよ。こそこそ告げ口なんかして」

吐き捨てるように言われ、わたしもむっとした。

「そういう言いかたはないでしょう。本当のことじゃないの。お母さんが手伝ってあげなかったら、どうなってた？」

「そうやって恩着せるの、やめてよね。いやなんだったら、最初から放っといてよ」

真衣がうんざりしたようにため息をついた。

「まにあわないから手伝ってって、真衣が言ったんでしょう？」

「だから、さっさと断ってってば。後からぐちゃぐちゃ言われるより、そのほうがずっとまし。だいたいさあ、あたしが料理できないのって誰のせい？　練習できないのに、上達するはずなくない？」

わたしは言葉に詰まった。胸が苦しくて、浅く息を吸う。

「じゃあ、お母さんもひとつ聞いていい？」

「なによ？」

「遊園地、誰と行ったの？」

真衣がぴくりと眉《まゆ》を上げた。

「それ、前も言ったよね？　モモカと、同じクラスの子たちだよ」

確かに、真衣はそう言った。同じクラスの子たち、の具体的な名前をわたしがたずねようとしたら、強引に話題をそらした。

「トオルくんも、同じクラスなのね？」

わたしはさえぎった。真衣が目を見開いた。

「男の子も一緒って、お母さん全然知らなかった。別にいいのよ、一緒でも。だけど隠すことはないんじゃない？　お母さんをごまかして、友達にもうそつくなんて……」

わたしは途中で口ごもった。真衣の両目のふちに、透明なしずくがまるく盛りあがっていた。

「お母さんには関係ないでしょ?」

涙がこぼれる前に、真衣は背を向けた。荒々しい足音を響かせ、厨房を出ていく。

お母さんには関係ない、とわたしもかつて言い放ったことがある。

料理教室の先生の応援のもとで、わたしの初恋はひそやかに前へ進み出した。わたしと正造さんだけが先生の自宅に招かれたり、三人でケーキを食べにいったり、お弁当を持ってピクニックもした。母には「教室のひとたち」と会うと言い置いて、わたしはいそいそと出かけた。うそではない――真衣の「クラスの子たち」と同じで。

そう考えてみれば、わたしはずいぶん身勝手な母親だ。自分の過去は棚に上げて、娘には腹を立てるなんて。

教室に通うようになって二度めの冬、わたしの二十二歳の誕生日には、先生が生徒の皆と一緒にお祝いのパーティーを開いてくれた。会場は、正造さんの働いているレストランを借り切った。わたしも前を通ったことはあったけれど、中に入るのははじめてだった。将来は自分もここで働くことになるなんて、むろん想像してもみなかった。正造さんは客席にはほとんど出てこず、シェフとふたりで厨房にこもっていた。でも、できあがった料理を運んでくるたびに、必ずわたしと目を合わせてくれた。

真っ白な生クリームと大粒のいちごで飾られた、まるいケーキがしずしずと登場したとき、わたしはだいぶ酔っていた。生まれてはじめて飲んだ、グラス半分にも満たないワインのせいだ。

「お誕生日おめでとうございます」

シェフは大きなケーキをテーブルに置くと、後ろにひかえていた正造さんを目で示した。

「このケーキは彼が全部ひとりで作りました」

皆がどよめいた。ぱちぱちと拍手も起きた。その音にかき消され、

「どうしても自分でやるって聞かないもんだから」

と言い足したシェフのつぶやきを聞きとれたのは、一番そばに立っていたわたしくらいだったと思う。

ケーキの真ん中には長方形のクッキーがのっていた。芳江さんおめでとう、とチョコレートで書いてある。大きな背中をまるめ、細かい文字を注意深く書き入れていく正造さんの姿が、目に浮かんだ。

「おめでとうございます」

これもわたしにしか聞こえないくらいの小さな声で、正造さんが言った。

誰かが照明を消し、皆の姿が薄闇《うすやみ》に沈んだ。頼りなく揺らめくろうそくの光が、その向こうに立っている正造さんだけを、ぼうっと浮かびあがらせていた。バースディソングの合唱に包まれて、わたしたちはまばたきもせずに見つめあった。

その日、二十二年間の人生ではじめて、わたしは門限を破った。それも、大幅に。

正造さんと過ごしたわけではない。レストランを出た後、わたしは先生の家に寄った。そこでもさらにワインを飲んだあげく、帰りたくないとごねたらしい。先生はぐずるわたしを無理やりタクシーに乗せ、家まで送り届けてくれたそうだ。すべて記憶にない。

付き添ってくれた先生と、出迎えた母とのやりとりも、翌朝になってから知らされた。

「あの料理教室はもうやめなさい。先生にも、昨日そうお伝えしておいたから」

母から苦々しげに言われて、わたしは愕然《がくぜん》とした。

「やめたくない」

「だめです。酔っぱらって深夜まで遊び歩くなんて、まともな女の子がすることじゃありません。はしたない」

母はにべもなかった。

「それは、ごめんなさい。これから気をつけるから」

「今回だけじゃないでしょう。よっちゃん、あなた最近ちょっと変よ。ふらふら遊びほうけるような子じゃなかったのに。先生も先生だわ、なんにも知らない子どもを連れ回して。出戻りの娘さんに教わるなんて、どうかと思ってたのよ」

「先生のことを悪く言わないで」

わたしは言い返した。自分がしかられるのはともかく、先生を侮辱されるのはがまんできなかった。

「お母さんはね、よっちゃんのためを思って言ってるの。あんなひとたちに影響されて、よっちゃんまで道を踏みはずしたらどうするの。今までがまんしてたけど、もう限界」

もう限界なのは、わたしもだった。

母の言う「あんなひとたち」、つまり先生や正造さんは、わたしにとってかけがえのない友人であり、外の世界につながる扉でもあった。開きかけたその扉を母は封印して、娘を自分のそばへ連れ戻そうとしている。

「お母さんには関係ないでしょう」

声が震えた。

「関係ないわけないじゃない。よっちゃんはお母さんの大事な娘なのよ。お願いだから、言うことを聞いてちょうだい。取り返しのつかないことになってからじゃ遅いのよ」

幼児をあやすような口ぶりに、わたしはぞくりとした。今ここで母に従ったら、扉が閉じてしまったら、それこそ取り返しのつかないことになる。

「安心しなさい、お母さんが他にいい先生を探してあげるから。よっちゃんにふさわしい、ちゃんとした……」

母の言葉を最後まで聞かずに、わたしは家を飛び出した。行くあては、ひとつしかなかった。いきなり家に押しかけてきたわたしを、先生は驚きながらも迎え入れてくれた。

「わたし、家を出ます。あんなところにはもういられません」

無我夢中で、わたしは宣言した。怒りと混乱と、そして少しばかりの解放感で、脳みそが沸騰《ふっとう》していた。

「芳江ちゃん、まあちょっと落ち着きなさいな。まずはお母さんとちゃんと話しあわなきゃだめよ」

なだめられて、がっかりした。信頼しきっていた先生に、裏切られた気がした。

「まさか芳江ちゃんがこんなことするとは思わなかったな」

わたしは憮然《ぶぜん》として答えなかった。わたしの幼い恋を一年以上も見守ってくれていた彼女なら、わかってくれると信じていたのに。

「勇気があるわ。見直した」

先生が微笑《ほほえ》んでつけ加えた。

「ご両親と話しあって、それでも家を出ることになったら、当面はうちに泊めてあげる」

「お騒がせしてすみません。ありがとうございます」

やっと頭が冷えてきて、わたしはお礼を言った。

その晩も、先生の家に泊めてもらった。自宅には電話をかけて伝えた。口論の末、勝手にしなさい、と母は疲れ果てた声で言った。

料理教室のときと同じ、食堂のテーブルで、夕食をごちそうになった。ふたりきりだとやけに広かった。ふだんは端と端に遠く離れて座るわたしたちが、中ほどの席で向かいあっているのも新鮮だった。

主菜はポトフだった。キッチンから漂ってくるふくよかな香りをかいで、ひどく空腹だとわたしは気づいた。そういえば、朝からなにも食べていない。ごろごろ入った根菜の滋味と、ほろほろととろける牛肉の旨《うま》みが、空っぽの胃袋にしみわたった。よそってもらった一皿をあっというまにたいらげると、体が芯《しん》からあたたまっていた。わたしがおかわりに口をつけたところで、先生が切り出した。

「昨日のお店のシェフ、いたでしょう？　正造さんの師匠の」

「はい」

なんの話だかわからないまま、わたしは相槌《あいづち》を打った。

「実はね、わたし、あのひとのことが好きだったの」

握っていたスプーンを落っことしそうになった。

なんと、結婚まで考えていた仲だという。ところが先生の両親が猛反対して、別れさせられた。先生は親の決めた相手と一緒になったものの、その夫ともうまくいかなかった。

「芳江ちゃんを見てると、若かった頃のことを思い出すわ」

目を細めている先生に、わたしはたずねてみた。

「あの、今は……」

シェフも独身だと、正造さんから聞いたことがあった。先生がふっと笑って、ゆるゆると首を横に振った。

「ねえ芳江ちゃん、ポトフは作ったことある？」

わたしも首を横に振った。

「煮こみ料理はなんでもそうだけど、時間をかけなきゃおいしくならないの。じっくり、じわじわ火を入れて、食べ頃になる。だけど、そこですぐテーブルに出さないとだめなのよね。そのまま火にかけてたら、お肉も野菜も全部どろどろに溶けちゃう」

そうなるともう違う料理になっちゃうの、と先生は言った。それもそれでおいしいんだけどね、とも。

「わたしも、もうちょっとだけ食べようかな」

自分のお皿を持って立ちあがり、わたしをじっと見た。

「がんばって。真剣に話せば、お母さんにもわかってもらえると思う」

日頃は鋭い先生の読みは、しかしこの点に限ってははずれた。

母はわたしを許さなかった。家を出るなら親子の縁を切ると言われた。勘当されたわたしは、正造さんの働いているレストランでウェイトレスとして雇ってもらった。

わたしたちが結婚したのは、それからおよそ一年後のことだ。

「真衣に好きな子がいるらしいの」

わたしが言うと、正造さんは目をみはった。腕を組み、しばらく調理台の周りをぐるぐると歩き回った後で、ぼそりと言った。

「今度の日曜はすきやきにするか」

わが家では、ちょっとしたお祝いごとがあったとき、家族三人ですきやきを食べる習慣になっている。雑誌の特集で名店としてとりあげられたとき、真衣がテニス部の大会で上位に入賞したとき、連日貸し切りの予約が入って商売繁盛《はんじょう》だった週の終わりなんかにも。

つまり、娘に好きな男の子ができたという事実を、正造さんはおめでたいことだととらえたらしい。

「ちょっと意外」

わたしはつぶやいた。真衣の帰りが遅かったり、友達と長電話をしていたりすると、正造さんはあからさまに眉をひそめている。娘の恋愛も、歓迎しないような気がしていた。

「そうか?」

正造さんが寸胴鍋に水をはり、皮をむき終えたじゃがいもをざらざらと放りこむ。

「おれも昔、めでたいって言われたんだよ」

「え？」

「お袋に、芳江のことを打ち明けたとき。おめでとうおめでとうって何度も言われた」

大仰なくらいに感激されて、正造さんはうろたえたらしい。まだ結婚すると決まったわけではない、プロポーズさえしていないと弁明した。

「わかってる、って笑い飛ばされた。好きなひとができたってだけで、めでたいんだとよ。誰かを好きになるのは、おめでたいことだって」

女っ気もなく、料理にありったけの情熱を傾けている息子のことを、義母は案じていたのだろうか。

「今、ふっと思い出した。ずっと忘れてたのに。おれもあのとき、意外だったんだよな。親ってそういうもんかって」

おめでとう。若かったわたしに、もし母がそう言ってくれたなら、どんなにうれしかっただろう。どんなに心強かっただろう。わたしが誰かを好きになったことを、新しい感情を知ったことを、未知の世界へと足を踏み出そうとしていることを、母が祝福してくれたなら。笑顔で家から送り出してくれたなら。

本当は、仲直りがしたかった。もっと話がしたかった。でも、今さらそんなふうに願っても、もう遅い。わたしが家を出てまもなく、母はあっけなく逝《い》ってしまった。

病院に駆けつけたときには、母は酸素マスクをつけられて、ぐったりとまぶたを閉じていた。骨ばった手をとっても、反応はなかった。足の力が抜けて、わたしはへなへなと母の枕《まくら》もとにしゃがみこんでしまった。

どのくらいそうしていただろう。ふと、母が大儀そうに薄目を開けた。

お母さん、とわたしは呼びかけようとしたけれど、どうしても声が出てこなかった。母が首をほんの少しだけ傾けて、こちらを見た。そして、そっと娘の手を振りほどいた。わたしは身動きできなかった。

母は自由になった手をさしのべて、うなだれているわたしの頭をなでた。何度も。わたしが子どもの頃、よくそうしてくれたように。

「真衣も成長したってことだな」

勝手口につながるドアに、正造さんが目をやった。真衣が力任せに閉めたからだろう、わずかに隙間が空いている。

「早いもんだ。ついこないだまで、ふてくされた顔であそこからのぞいてたのに」

「そうね。ほんとに早い」

わたしだって、母のことは言えない。ぐんぐん育っていく娘のことを、きちんと受けとめきれていない。目先の変化ばかりにとらわれて、戸惑ったりいらだったり不安になったり、じたばたしているうちに肝心のことを見失いかけていた。

心配で、さびしくて、それでもやっぱりわたしはうれしいのだ。誰かのためにごはんを作りたいと思うまでに、真衣が成長したことが。そんな相手にめぐりあえたことが。

ひょっとして、母もそう考えてくれていたのだろうか。それを確かめる機会は永遠に失われてしまった。せめて真衣には、わたしと同じ後悔を味わわせたくない。

「すっかりおとなになっちゃって、ねえ」

熱を帯びてきた目もとを手の甲でこすり、わたしは冗談めかして言ってみる。

「そのうち、男の子を家に連れてきたりしてね？」

正造さんが眉間《みけん》にしわを寄せた。

「うちに？　もうつきあってるのか？」

「いや、そういうわけじゃないと思うけど」

「そうだよな。まだ早いよな」

小刻みにうなずいている。娘が誰かを好きになるのと、実際にボーイフレンドができるのとでは、話が違うらしい。

「わたしはちょっと会ってみたい気もするけどね。どんな子なのかな？」

「とんでもない野郎だったらどうしような？」

正造さんは複雑な表情で言う。

「大丈夫でしょう。真衣はしっかりしてるから」

わたしは答えた。思いのほか、断固とした口調になった。

「あの子が好きになったんだったら、きっといい子よ」

返事をするかわりに、正造さんがだしぬけに首を伸ばした。唇の前にひとさし指を立ててみせる。どうしたの、とたずねようとして、わたしも口をつぐんだ。階段をゆっくりと上っていく足音が、かすかに聞こえた。


エアコンをきかせた涼しい部屋で食べる、熱々のすきやきはまた格別だ。

家族の役割分担は決まっている。野菜や豆腐やしめのうどんといった具材を準備するのはわたしで、牛肉だけが正造さんの担当になっている。店で仕入れている巨大な塊肉の端を、薄く削《そ》いで使うのだ。焼くのも正造さんがやる。割り下は使わない関西式だ。それから真衣は、三人分の生卵を溶く係に任命されている。めいめいの器に卵を割り入れ、カラザを丁寧に除き、入念にかきまぜる。食事中も、両親の分まで卵の減りぐあいに目を配って、足りなくなれば追加を用意してくれる。

しばらくの間、話すよりも食べることに専念した。正造さんが焼きあがった肉を次から次へと器に放りこんでくるので、のんびりしているひまはない。くつくつと煮える鍋の音が、沈黙を埋めている。

鍋があらかた空いてようやく、落ち着いて会話ができるようになる。

「お弁当のこと、クラスの子に話したよ」

両親の顔ではなく、すきやき鍋の中をのぞきこんで、真衣は口を開いた。

「全然気にしてないって。お母さんが料理上手でいいな、だって。あとね、卵焼きとごまあえだけはあたしが作ったって言ったら……」

言葉を切り、からまりあったうどんをしげしげと見つめている。続きをうながしたいのを、わたしはなんとかこらえる。

「どっちも、うまかったよって」

「いい子じゃないの」

思わず、声を上げてしまった。真衣の頬がほてっているのは、鍋からたちのぼる湯気のせいばかりでもなさそうだ。

「舌が鈍いってわけじゃ、ないよな？」

正造さんが真顔でよけいなことを言う。わたしはひやりとしたが、え、どうだろ、と真衣は怒るでもなく考えこんでいる。

「そういや、お父さんがはじめてお母さんに作ってもらったお弁当も、卵焼きだったな」

「ふうん。結婚してから？」

「ううん。まだ結婚する前ね」

料理教室の先生もまじえた三人で、お花見をしたのだ。先生が全員分のお弁当を作ってくれることになり、わたしと正造さんが恐縮していたら、それならふたりもなにか一種類ずつ持ってきてちょうだい、と言われた。わたしはさんざん悩んで、無難な一品を選んだ。緊張のせいか、かたちが上手にととのえられず、いじっているうちに焦がしかけて冷や汗をかいた。

あの卵焼きを、わたしもひとりで作ったのだった。手伝おうかと言ってくれた母を、台所から追い出した。花見の顔ぶれを正確に伝えていない罪悪感もあったし、なにより、正造さんにはじめて食べてもらう手料理を、なんとか自力で完成させたかった。

真衣も、そうだったのかもしれない。わたしの手助けを断ったのは、母親をうっとうしがっていたわけではなく、恋する相手のために自らの手ですべてをやりとげたかっただけなのかもしれない。

よく覚えている。不格好なわたしの卵焼きを、正造さんもおいしいとほめてくれた。

正造さんが持参したのは、得意料理だというハンバーグだった。

「そうだ真衣、野菜をゆでるときにはタイマーをかけなさい。慣れるまではわかりやすいから」

正造さんが言った。

「そうそう、お母さんも昔、お父さんに教わったのよ。一回、ゆですぎちゃってね。次の日に黙ってタイマー渡されて」

「げ、なにそれ。感じ悪くない?」

「便利だぞ、タイマーは」

真衣に顔をしかめられ、正造さんはもそもそとつぶやいた。鍋の中に残っているうどんを三等分して器によそっていく。

「あ、そういえば、塩ひとつまみって何グラム? ゆでるときに入れろって本に書いてあったんだけど」

娘の質問に、わたしと正造さんは顔を見あわせた。親指とひとさし指をこすりあわせてみる。

「さあ。ひとつまみは、ひとつまみじゃないか」

「いや、でも、お父さんのひとつまみとあたしのひとつまみって全然違うよね？　手の大きさが違うし」

「そういえば、そうね」

そんな疑問は抱いたこともなかった。正造さんの言うとおり、ひとつまみはひとつまみだ。

「ひとつまみとか少々とか適宜とか、やめてほしいんだけど。不親切すぎ。何グラム、ってはっきり書いてもらわなきゃ、わかんないってば」

「そこらへんはまあ、あれだ。経験だ」

「初心者にそれ言われてもさあ」

真衣はふくれている。

「とりあえず、お弁当はもっかいやり直したい。今度こそ、自分で」

「ナナミさんも、真衣にお弁当作ってきてほしいって言ってたね」

思い出して、わたしは言った。

「うん、でも今は微妙かも。モモカがナナミさんと絶交中だから」

「絶交？　なんで？」

「ナナミさんが勝手にモモカの日記読んでたんだって」

わたしをちらりと見て、真衣は言い添えた。

「モモカね、あたしやクラスの子の話も書いてたらしくて。ほんとごめんって、めちゃくちゃ謝ってた。ナナミさんはナナミさんで、大事なものをそのへんに置きっぱなしにしてるほうが悪い、って開き直ってるし。なんていうか、どっちもどっちだよね」

真衣はあきれてみせるけれど、わたしたち親子だって、傍《はた》から見ればどっちもどっちなのかもしれない。

娘の恋を、本人ではなくよその母親から知らされて、わたしは年甲斐《としがい》もなく傷ついていたらしい。ナナミさんをうらやみ、真衣にいらだち、われながら子どもっぽくて情けない。わたしも真衣と一緒にもう少し成長する必要がありそうだ。

本当は、なんでも話してほしい。なるべく力になりたい。でも、その気持ちを押しつけることはできない。わたしにできるのは、厨房のドアの隙間からこっそり様子をうかがって、困っているようならそっと手をさしのべるくらいのことなのだろう。たぶん、そんなに気をもまなくてもいい。ほうれん草をゆですぎたり卵焼きを焦がしてしまったり、誰しも失敗を重ねながら、少しずつ腕を上げていく。

「ああ、おいしかった。おなかいっぱい」

真衣が箸《はし》を置く。正造さんがカセットコンロの火を消した。

「ごちそうさま」

三人の声がきれいな和音になって、甘辛いにおいのたちこめる部屋に響いた。

雨あがりのミートソース

チャイムが鳴った。教室の空気が、ふっとゆるんだ。

黒板に文章を書いていた若い教師が、句点を打ち終えてチョークを置いた。くるりと前に向き直り、小さくうなずく。

「きりーつ」

号令をかける係は当番なのだろうか、それとも学級委員の役目だろうか。幼いながらもよく通る声を合図に、クラス全員がいっせいに立ちあがる。がたがたと椅子《いす》を引く音が教室いっぱいに響き、数秒遅れて、背後の壁越しにも似たような物音が聞こえてきた。隣でも同じことが行われているようだ。

「れい！」

僕たちもつられて頭を下げた。

「授業参観は、以上になります。本日はお忙しい中ありがとうございました」

教師が笑顔で言った。

椅子に座った姿勢で上体をひねり、教室の後方にうろうろと視線をさまよわせている何人かの子どもと、目が合った。母親の姿を探しているのだろう。小さく手を振っている子もいる。それでも一年生のときと比べれば、格段の進歩である。去年は授業中にもしきりに後ろを振り返っている子が目立ったけれど、今日はひとりも見かけなかった。授業の内容といい体格といい、一年前とは明らかに違う。この年頃の子どもの成長は本当に早い。

啓太は振り向かない。授業がはじまる直前に一瞬だけこちらを確認した後は、一度も。

そのときも、他の子のようにきょろきょろする必要はなかった。やわらかい色のワンピースやブラウスで着飾った女親の集団の中で、身長一八五センチ、黒いスーツ姿の僕はどう考えても浮いている。息子の目には、浮いているどころか、浮きあがっているかのように見えたはずだ。

「ご父兄の皆様、お気をつけてお帰り下さい」

この場にいるのはほとんど母親なのに、どうして父兄という言葉を使うのだろうといつも思う。

名残惜しげに見守っている子どもたちを横目に、僕は母親たちにまじってぞろぞろと廊下に出た。午前半休をとっているので、どこかでゆっくり昼を食べてもいいが、やっぱりこのまま出社しよう。早く仕事をはじめれば、その分早く家に帰れる。最後にもう一度、小さな後頭部に目をやる。啓太はうつむいたままだった。なにかに耐えるかのように、ひっそりと。

六時頃に退社して、駅前のスーパーに寄って買いものをした。毎週金曜日は、啓太のスイミングスクールの日だ。美奈子さんが会社の帰りに迎えにいき、八時前にはふたりそろって帰宅する。それまでに夕食の用意をすませておくのが僕の役目だ。

今晩のおかずは、啓太の好物のグラタンにしようと決めていた。鶏肉《とりにく》、えび、きのこ、チーズ、生クリーム、カートを押しながら頭の中で材料を数えあげる。玉ねぎとマカロニは買い置きがある。生野菜のサラダも作ろう。レタスとにんじんとトマト、ついでにブロッコリーもかごに放りこむ。にんじんぎらいの啓太に緑黄色野菜を食べさせたい。

この時間帯のスーパーはおそろしく混んでいる。店内には、勤め帰りと思《おぼ》しき、こぎれいな服装の女性客が多い。どことなくぴりぴりした雰囲気なのは、急いでいるせいだろう。

会計をすませておもてに出たら、空は紺色に染まっていた。

マンションの入口で、共同ポストをのぞく。郵便物は先に帰ってきたほうが持って上がることになっている。エレベーターを四階で降りて、廊下のつきあたりをめざす。通路に沿って並んだ五戸のうち、手前の四つにはもう玄関灯がともっている。

「ただいま」

ドアを開けると、習慣でつい口に出してしまう。むろん、返事はない。

食材を冷蔵庫にしまってから、スーツを脱いで着替え、再び台所へと引き返した。冷蔵庫の横に、赤と青のエプロンがかけてある。色違いの二枚を買ってきた美奈子さんは、雪生くんってエプロンが似合うよね、さすがうちのシェフ、とおどけた調子で言っていた。シェフというのはおおげさだけれど、確かに僕の腕はめきめき上がっている気がする。

鶏肉と玉ねぎを切って、いためあわせる。油がじゅうじゅうと音を立て、狭い台所に香ばしいにおいがたちこめる。

わが家では、夕食の準備を曜日によって分担している。僕が月水金、美奈子さんは火木土だ。ただし美奈子さんが担当の日は、前日に僕が余分に作っておいたおかずをあたためて出すだけという場合も少なくない。日曜日は特に担当を決めていないが、ここ最近はだいたい僕が作っている。今のところ不満はない。もともと料理はきらいじゃないし、作ったおかずを家族にほめてもらえれば、やりがいも感じる。

啓太が生まれる前は、食事はわりと適当だった。ふたりとも同じ職場で働いていたので、仕事帰りに外食する日も多かった。美奈子さんが妊娠して会社を辞めてからは、料理も含めた家事全般をやってくれていた。おととし、今の会社に就職するにあたって、当番制を導入した。

料理だけではない。子育て、たとえば今日のような学校行事への参加や、習いごとの送り迎えなんかも、なるべく公平に手分けしている。僕の勤める会社は、前もって休暇を申請すれば、その日はまず間違いなく休める。反面、当日になって急に欠勤はしづらい。一方、美奈子さんの仕事は、緊急の用事や日程変更が頻繁に入り、予定が定まりにくい。今回のように、あらかじめ日時が決まっている行事だと、一応は時間を空けておくように試みるのだが、うまくいかないことも多い。反対に、直前でも都合さえつけば柔軟に休みがとれるから、啓太が熱を出したり、台風で休校になったりしたときは、たいがい美奈子さんが家にいてくれる。

ごめんね、と今朝も美奈子さんは何度も謝っていた。今回こそはわたしが行こうと思ってたのに。しかたないよ仕事なんだから、と僕は答えた。今日の午前中は、ちょうどなにもないから大丈夫だよ。実際のところは、ちょうど、という言葉は正確ではない。こんなこともあろうかと思って、わざわざ予定を空けておいたのだ。

ホワイトソースをこしらえ、マカロニをゆでる。三人分の耐熱皿に具を分けてソースを回しかけ、チーズも加えた。

サラダの生野菜を洗っていたら、インターホンが鳴った。僕はエプロンで手を拭《ぬぐ》い、玄関に向かった。

「おかえり」

ドアを開けて、驚いた。啓太の隣に立っていたのは美奈子さんではなかった。

「こんばんは」

義母は深々と頭を下げた。

「今日はおばあちゃんが来てくれた」

啓太が運動靴を脱ぎながら、説明するまでもないことを説明する。

「美奈子は急用が入って、少し遅くなるらしくって」

義母がつけ足した。こちらのほうも、言われなくても見当がつく内容だった。今度は僕が頭を下げる。

「いつもすみません」

「いえいえ、こちらこそ。うちの娘がいたらないせいで」

お決まりのせりふだ。彼女はつねづね娘の行状を気に病んでいる。僕がいくら否定しても、とりあってもらえない。

「かわいい息子と立派なだんなさまをほったらかしにして、本当に信じられない。どうしてこんなことになっちゃったのかしら。わたしの育てかたが悪かったのね」

おそらく育てかたが悪かったわけではない。美奈子さんの性格は生まれつきのものだろう。とはいえ、両親の姿が子どもに与える影響もばかにはできない。典型的な夫唱婦随の家庭で育った美奈子さんは、母親のようにはなるまいと心に決めていたそうだ。ただただ夫につき従うだけの人生なんてまっぴらだ、と。

「すみませんねえ。ケイちゃんにも雪生さんにも、ご迷惑をおかけして」

義母はひたすら恐縮している。美奈子さんの帰りをみはからって、後で電話がかかってくるだろう。

価値観がまったく違うわりに、親子仲は悪くない。美奈子さんは毎度の小言をうっとうしそうに受け流しつつも、困ったときには今日のようにちゃっかり甘えている。義母も義母で、娘の頼みを突っぱねはしない。ママも孫の顔を見られてうれしいはず、パパが死んじゃってからひまそうだし、なんだかんだ言っても尽くすタイプだしね、と美奈子さんはあくまで前向きにとらえている。

「いえ、いいんです。僕も啓太も、できるだけ美奈子さんを応援したいので」

「おなかすいた」

おとなどうしのやりとりを見上げていた啓太が、誰にともなくつぶやいた。水着の入ったビニールのバッグをぶらさげて、僕の横をすり抜けていく。湿った髪から塩素のにおいが漂った。

「上がっていかれませんか？　グラタンを作ったので、よかったらご一緒に」

一応、僕は誘ってみた。義母は哀《かな》しげに断って、帰っていった。

それから十分ほどで、美奈子さんも帰ってきた。

「ただいま」

玄関に靴を脱ぎ捨て、ばたばたと派手な足音を立てて子ども部屋に駆けこんでいく。

「ケイちゃん、今日はごめんね」

「いいよ、別に」

「ほんとにごめん。どうしても抜けられないお仕事が入っちゃって」

「もういいってば」

半開きになったドアの向こうから、母子《おやこ》の会話がかすかに聞こえてくる。脱ぎ散らかされたハイヒールをきちんとそろえてから、僕は台所に戻った。

グラタンはこんがりとおいしく焼きあがったけれど、夕食の席は盛りあがらなかった。

「パパが来てくれてたの、ちゃんと見えた?」

「国語の授業だったんだよね?」

「啓太、ちゃんと発表した?」

美奈子さんが矢継ぎ早に投げかける質問に、啓太は「うん」か「ううん」のどちらかでぶっきらぼうに応《こた》えていた。おとなびたところはあっても、まだ小学二年生なのだ。約束を破った母親に腹を立てるのも無理はない。前は泣いたりぐずったりすることもたまにあったけれど、近頃ではもっぱら沈黙によって抗議を表すようになった。

そうはいっても、年齢のわりにずいぶん聞きわけがいいほうだと思う。美奈子さんがべらぼうに忙しくなる前からそうだったから、生来の性質だろう。僕自身も、あまり手がかからない子だったと両親に聞いたことがある。美奈子さんがどういう子どもだったかはなんとなく想像がつくので、啓太は父親似かもしれない。

夫婦で手分けして夕食の片づけをすませ、順番にシャワーを浴びた。僕がタオルで髪を拭《ふ》き拭《ふ》きリビングに入ると、美奈子さんが食卓で待っていた。

「飲まない？」

手もとにウィスキーの瓶が置いてある。

「いいの？　仕事は？」

以前は、啓太を寝かしつけた後に夫婦で晩酌するのが、金曜日の夜の習慣だった。最近は美奈子さんが家まで仕事を持ち帰ってきたり、土曜の朝から出勤しなければならなかったりで、そういう余裕もなくなっていた。

「今日は大丈夫。今週末はのんびりできそう」

美奈子さんは機嫌よく言う。前髪をピンでとめ、つるんとまるい額がむきだしになっている。僕の妻は化粧を落とすと五歳ほど若返る。

「おかげさまで、商談もうまくまとまったし。ほんとにありがとう」

仕事が首尾よく進んだので、祝杯を上げたいようだ。本当は食事中もその話をしたかったのかもしれない。美奈子さんなりに、啓太に配慮したのだろう。

僕は台所から氷と炭酸水を持ってきた。美奈子さんのためにロック、自分にはソーダ割を作る。

「それじゃ薄すぎるんじゃない？　もうちょっとウィスキー入れたら？」

横で見ていた美奈子さんが口を出してくる。

「いいよ、このくらいで十分」

僕は酒に強くない。まったくの下戸《げこ》というわけではないが、アルコールが入るとたちまち頭がぼうっとしてくる。美奈子さんのほうが断然よく飲む。

「あんまり薄いと味がしないでしょ。せっかく上等のウィスキーなのに」

「じゃあ僕はソーダだけでいい。美奈子さんが飲みなよ」

「そんなこと言わないでよ。一緒に飲むのが楽しいんじゃない」

口をとがらせた美奈子さんのグラスに、僕は自分のグラスをぶつけた。

「商談成立、おめでとう」

「ありがとう」

乾杯した後、美奈子さんは表情をひきしめた。

「で、啓太はどうだった？　雪生くんの目から見て」

祝杯はさておき、これが本題だったらしい。

夕食のときには詳しく説明しそびれていた、授業の内容や教室の様子を、僕はざっと話した。

「一年生のときに比べて、成長したなって感じがしたよ」

しめくくったところで、美奈子さんが身を乗り出した。

「さっき、啓太は発表しなかったって言ってたけど」

「うん」

「手を挙げなかったの？　挙げてるのに、先生にあててもらえなかったんじゃなくて？」

僕がうなずくと、美奈子さんは不満げに眉《まゆ》を寄せた。湯あがりのせいか、酔いのせいか、頬がほんのり上気している。

「ちゃんと発表しなさいって言っといたのに。頭はいいのに、もったいない。啓太はおとなしすぎるんだよね。雪生くんに似たのかな」

「喋《しゃべ》ればいいってものでもないんじゃないの」

僕は反論した。気分を害したわけではなく、授業を見た上での正直な感想だった。はいはいはい、と我先に手を挙げて教師の注意をひこうとしている子は、たくさんいた。子どもらしいといえば、子どもらしい。ただ、みんながみんな、あんなふうにせっぱつまった勢いで自己主張しなくてもいいんじゃないかという気もした。あの独特の熱気の中で、クラスメイトを押しのけてまで発言したいと思わない子がいてもおかしくない。

「だって、喋らなきゃなんにも伝わらないじゃない。そんな消極的なことじゃ、先が思いやられるよ。日本人はただでさえ押しが弱いって言われるんだから」

美奈子さんがぐっとグラスを干し、手酌でおかわりを注いだ。やや手つきが危なっかしい。酔いを感じさせるなんて、珍しい。このところの疲れが出ているのかもしれない。

「まさか雪生くん、別に発表しなくてもかまわないとか、啓太に言ってないよね?」

じろりと僕をにらみつける。

「言ってないけど」

「そう。よかった」

美奈子さんは芝居がかったしぐさで胸をなでおろした。

「あの子、いつもそうじゃない。他の子に気を遣って、譲ってばっかり。もうちょっとしっかりして、積極的に前へ出ていかないと」

「しっかりしてるかどうかなんて、たかが参観日の発表じゃわかんないだろ」

僕は言い返した。知らず知らず、口調がきつくなってしまっていた。美奈子さんがぴくりと片眉を上げた。

ふだん、僕たち夫婦はめったにけんかをしない。争いごと全般が苦手な僕が、それこそ「気を遣って、譲って」しまうからだ。激しく意見が食い違うこと自体、そんなにない。結婚生活が長くなるにつれ、その傾向はますます強まっている。

「啓太は優しいんだよ」

僕はつとめて声を和らげた。美奈子さんがウィスキーを一気にあおった。

「優しいだけじゃ困るでしょ。男の子なんだし」

酔っぱらいの放言を真に受けてもしかたない、と僕も頭ではわかっていた。でも、今日ばかりはかちんときた。とりわけ、最後のひとことには。

「なんだよそれ。男も女も関係ないって、いつも自分で言ってるじゃないか」

男だから、女だからって、いちいち区別されたくない。男が外で仕事、女は家で家事なんて決めつけるのはもう古い。ことあるごとに、美奈子さんはそうぼやいている。僕も反対するつもりはない。むしろ応援したい。

だからこそ、ありきたりの言葉を口にしてほしくない。

「雪生くん、なに怒ってるの？　わたしのかわりに行かされたから？」

「そうじゃないよ。僕のことはいい。でも啓太は」

美奈子さんが口をへの字にゆがめた。

母親にほったらかされているかわいそうな子だ、と義母は孫を不憫《ふびん》がる。そこまで嘆かなくていいのにと僕も思わなくもない。けれど、そんな啓太がこうして批判される筋あいはないだろう。

「そんなに手を挙げてほしいんだったら、ちゃんと自分で見にいけば？」

啓太は親にほめられるためだけにがんばるような子ではないが、はりきって発表したところで、喜んでくれる美奈子さんがその場にいないのに、はたしてやる気が出るだろうか。もしも他の子のように母親が見守っていれば、啓太だって躍起になって手を伸ばしたかもしれない。

「啓太の気持ちも、ちょっとは考えてやれよ」

声が裏返ってしまった。僕も多少酔っているのかもしれない。

「もちろん、考えてるよ。わたしはただ、啓太に幸せになってほしいだけ。自分の考えをしっかり持って、社会で活躍して……」

美奈子さんが不意に目を見開き、かわりに口を閉じた。僕は後ろを振り向いた。パジャマ姿の啓太が、細くドアを開けてこちらをうかがっていた。

僕より先に、美奈子さんが気を取り直した。さっきまでとはうってかわって、優しい声を出す。

「ごめんねケイちゃん、起こしちゃった？」

「ううん」

啓太がぶるんと首を振った。そして、目をこすりながらも、はっきりと言った。

「僕、お父さんが来てくれてうれしかったよ」

僕も美奈子さんも、言葉を失った。

ぱたん、とそっけない音とともに、ドアが閉まった。小さな足音が廊下を遠ざかっていく。


週末は二日ともぐずついた天気だった。梅雨の最中でしかたがないとはいえ、せっかくの休日に太陽を拝めないのは気がめいる。洗濯物も乾かない。

天候のせいばかりでもなく、わが家の空気はどんよりと暗かった。ことに美奈子さんも啓太も、金曜のことがまだ胸にひっかかっているようだった。美奈子さんは元気がない。息子の言葉がよほどこたえたのだろう。あの後は、からみ酒がはじまった。

わかってる、どうせわたしはだめな母親よ、啓太も雪生くんもママもあきれてるんでしょ。明け方まで延々と飲み続けたあげく、最後には涙ぐみさえして、僕はなだめるのに苦労した。

啓太のほうは、自分の部屋にこもっている。ひとり遊びが好きな子だ。本かゲームか、あるいは宿題をしているのかもしれない。母子の間を取り持つべく、僕にもなにかできないかと考えないでもなかったけれど、さしあたり静観することにした。

結局、歩み寄ったのは美奈子さんだった。

「どこか行こう」

日曜の昼、僕がこしらえた五目チャーハンを親子三人で食べ終えて、唐突に切り出した。僕と啓太は顔を見あわせた。

「ねえ、どこか遊びにいこうよ」

男ふたりの鈍い反応が気に入らなかったのか、美奈子さんは語気を強めた。気詰まりな沈黙に穴を開け、にわかにふっきれたようだった。

「ケイちゃんの行きたいところにしよう。どこがいい?」

「でも、雨だよ」

啓太がおずおずと指摘した。

「いいじゃない、雨でも。屋根のあるところにすれば」

僕は妻と子を見比べて苦笑した。わが家では親子の役回りがときどき逆転する。遊びにいきたいとねだる子どもを親がたしなめるという構図のほうが、一般的だろう。

「どこにしようか？」

明るい声でたたみかけられ、啓太は考えこんでいる。

「じゃあ、水族館は？」

「いいね、行こう行こう」

美奈子さんが威勢よく立ちあがった。

水族館は空《す》いていた。熱心に水槽を見て回りはじめた啓太について、僕と美奈子さんは並んで歩く。

ここに来るのはけっこうひさしぶりだ。啓太がもっと小さかったときにはよく連れてきたが、近頃は足が遠のいていた。

「なつかしいね」

美奈子さんも目を細めている。水槽が幾分小さくなったように感じるのは、成長した息子の背中と比べるせいかもしれない。

館内を一周して帰ろうとしたら、啓太が僕たちを見上げた。

「もう一回、見てきてもいい？」

「いいよ、もちろん」

美奈子さんが力強くうなずいた。

「パパと一緒にここで待ってるから、好きなだけ見ておいで」

駆けていく啓太を見送って、僕たちふたりは出口近くのソファに腰を下ろした。目の前の水槽には、目立たない色をした魚ばかりが集められ、群れを作るでもなく思い思いに泳いでいる。

「なつかしいね」

美奈子さんがもう一度言った。

「覚えてる?」

なつかしい、の意味あいが、先ほどとは違うようだった。

「覚えてる」

確かに、なつかしい。まだ啓太が生まれる前の話だ。休みの日に、僕たちはたびたび水族館を訪れた。

僕が美奈子さんに出会ったのは、入社してすぐのことだった。

うちの会社には、メンター制度というのがある。新人が入ってくると、同じ部署の若手社員と一対一でペアを組ませるのだ。メンターとは助言者という意味らしい。業務についてあれこれ教わったり、こまごまとした相談に乗ってもらったりできる、身近な先輩と位置づけられている。その制度で、僕の担当になったのが美奈子さんだった。今でもさん付けで呼ぶのが自然なのは、そういう経緯で知りあったせいだろう。たばこをすぱすぱと喫《す》い、上司にも先輩にも遠慮なくものを言う美奈子さんは、部内でも一目置かれていた。はじめは緊張したものの、僕は彼女と不思議に気が合った。そのうちに、話を聞いてもらうだけでなく、こちらが話を聞く機会も増えていった。

美奈子さんは、それまで僕の知っていた女の子たちとは一味違っていた。ファッションや化粧よりも政治や経済に興味を持ち、幸せな結婚のかわりに職場での昇進をめざしていた。わたしは仕事が好きだから、と美奈子さんは堂々と言った。早くえらくなって、やりたいことを自由にやりたいの。男女差別をするつもりはないが、女性がそんなふうに考えていることも、それをためらいなく口にすることも、僕にとっては新鮮に感じられた。

個性的な先輩にみるみる惹《ひ》かれながらも、僕は自分の気持ちを言い出せなかった。向こうも好意を持ってくれているとうすうす気づいてからも、職場での立場や人間関係やらをくよくよ考えてしまって一歩を踏み出せなかった。

片や、美奈子さんの行動はすばやかった。

「わたしは、自分がほしいものは自分の手でつかみたい。絶対にあきらめたくない」

告白のせりふは、今も忘れられない。

「欲が深いからね。だから、欲のない雪生くんとならバランスがとれて、うまくやっていけるんじゃないかな？　どう思う？」

僕に異論はなかった。

「うん。そうしよう」

あれ以来、「どう思う？」「そうしよう」というやりとりを、僕たちは数えきれないほど繰り返してきた。美奈子さんには常に自分の意見があり、希望がある。はじめて会社の外で会った日、行き先に水族館を選んだのも、そういえば美奈子さんだった。

啓太はなかなか戻ってこない。

僕たちの座っているソファと水槽の間を、親子連れが通り過ぎていく。啓太よりもだいぶ小さい、幼稚園に上がる前くらいの女の子が、父親と母親に片方ずつ手を預け、はずむように歩いている。

僕と美奈子さんが籍を入れたきっかけは、妊娠だった。ほぼ同時に、つまり子どもができてまもなく、美奈子さんはあっさりと会社を辞めた。どうなることかと内心はらはらしていた僕が拍子抜けするほどの、潔《いさぎよ》いひきぎわだった。

「仕事も子どももっていうのは、わたしには無理だと思う」

美奈子さんらしいといえば美奈子さんらしい言い分だった。美奈子さんは有能だけれど、いろいろなことを同時並行でバランスよくこなすのは不得手だ。本人にもその自覚はあったらしい。当面は子育てに集中したいという妻の選択を、僕はそれまで同様にすんなりと受け入れた。

美奈子さんの働きぶりを目《ま》のあたりにしてきた会社の同僚は、退職の意思を知らされて驚いていた。後悔や未練はないのか、何度となく聞かれた。中でも、長く一緒に働いていた直属の上司は、美奈子さんを熱心にひきとめた。

「なにも辞めることはないじゃないか。産休や育児休暇もとれるし、それで足りないんだったら休職ってことにして、落ち着いたら戻ってくればいい」

女性の寿《ことぶき》退社が珍しくない会社でそこまで言ってくれたのは、部下の能力を評価していたしるしだろう。それでも美奈子さんの決意は変わらなかった。

「今は子どものことしか考えられません」

そうして美奈子さんは専業主婦になった。毎日家でのんびりと過ごすのは、思っていたよりも苦ではないようだった。仕事を気に入っていたといっても、会社勤めにはストレスも多い。そこから解放され、新しい生命と静かに向きあえるのがうれしいという。くつろいだ表情に、僕も心から安堵《あんど》した。決してうまくいかなかった禁酒も禁煙も難なく達成され、母性というのはすごいものだと感心もした。

　啓太が生まれた後は、生活は一変した。美奈子さんは文字どおり全身全霊をかけて、子育てに没頭していた。今でこそ健康そのものの啓太だが、三歳くらいまでは体が小さく、しょっちゅう病気にもかかった。高熱、咳《せき》やくしゃみ、発疹《ほっしん》、息子の体に異変が起きるたびに、母親は大騒ぎした。歩きはじめるのが遅いとか、月齢のわりに言葉の数が少ないとか、発達の面でも神経をとがらせていた。育児書を読みあさり、病院で相談し、知育玩具《がんぐ》を買いこんだ。思い返せば、あの頃からすでに、わが子のひっこみ思案は美奈子さんにとって悩みの種だった。

　幸い、幼稚園に入る頃には、啓太はごく標準的な子どもに育っていた。入園前に受けた健康診断の結果では、体格も知能も身体能力も、ほぼ平均に位置していた。

　啓太が幼稚園に通うようになれば、美奈子さんにもひとりの時間ができる。それはいいことだと僕はひそかに考えていた。美奈子さんが啓太を心底かわいがり、かいがいしく世話を焼いているのはわかっていたし、当人が現状に不満を抱いているそぶりもない。ただ、本来は好奇心旺盛《おうせい》で社交的なはずの妻が、家に閉じこもって息子のことしか目に入らなくなっているのは、いささか不自然な感じもしていたのだ。

「わたし、このままでいいのかな？」

案の定、啓太が入園して半年ほど経《た》った頃、美奈子さんは言い出した。

「啓太が大好きなのは、今までと変わらないの。あの子のためならなんだってできる。だけど、世の中から取り残されてる気がして」

自分の世界が狭すぎてぞっとする、という。話し相手は僕か、自分の母親か、啓太の友達の保護者くらいしかいない。ときたま自分の友達や元同僚と誘いあわせて会うようにもなったけれど、ほとんど共通の話題がない。

「また仕事をしてみたら？」

僕は慎重に口を挟んだ。何年も前から用意していたせりふだった。遅かれ早かれ、美奈子さんの目が家の外へ向くだろうと予想はしていた。結果的に五年も要したのが意外なくらいだった。

「できるかな、わたしに？」

「きっとできるよ。応援する」

美奈子さんの瞳《ひとみ》の奥に、ぽっと光がともった。啓太の面倒を見ているときとは違う色の、光だった。

すぐに就職活動にとりかかるのかと思いきや、リハビリからはじめる、と美奈子さんは宣言した。僕の会社での話を聞きたがり、新聞に隅々まで目を通し、啓太を寝かしつけた後でテレビのニュースや経済番組を観《み》るようにもなった。どれも出産以来とぎれていた習慣だった。本棚を占領していた育児書も、「経営戦略」だの「組織改革」だの「市場動向」だの、堅い熟語が背表紙に躍るビジネス書にいつのまにか戻っていた。

「なんだか不思議なの。子どもを産んで、世界の見えかたが変わったみたい」

美奈子さんは感慨深げに言ったものだ。

「自分のことや目先のことだけじゃなくて、いろんなことが気になる。啓太がおとなになったときに日本はどうなってるのかな、とか。わたしは次の世代になにを残していけるのかな、とか」

帰ってきた、と僕は感じた。僕の知っている美奈子さんが――しかも、ひとまわり成長して――帰ってきた。何年も会っていなかった旧友と顔を合わせたときのように、なつかしく心がはずんだ。

思わぬところから再就職の誘いが舞いこんだのは、その翌年だった。大学時代に親しかった先輩がベンチャー企業を立ちあげ、人材を探しているという。

「どう思う？」

美奈子さんにたずねられ、僕はいつものように答えた。

「美奈子さんのやりたいようにやればいいよ」

「もう、ちゃんと考えてるの？」

怒ったような口ぶりながら、美奈子さんの目もとはほころんでいた。二年前の、ちょうど梅雨が明けた頃のことだ。

「ねえ、雪生くん？　聞いてる？」

美奈子さんが僕の腕をつついた。

「ん？　なに？」

あれこれと考えにふけっていたせいで、話しかけられているのを聞き逃してしまったようだった。

「ちゃんと考えてるの、って聞いてるの。シンガポールのこと」

一瞬にして、僕の思考は現在時制に塗りかえられた。かろうじて答える。

「知ってたんだ？」

美奈子さんが眉をひそめた。

「どうしてもっと早く話してくれなかったのよ？」

シンガポールへの転勤を打診されたのは四月の終わりだから、ふた月近くも返事を保留してしまっている。先週も部長に呼び出され、半ば強引に飲みに連れていかれた。

「どうだ、覚悟は決まったか？」

「それが、まだ家族に言い出せてなくて。すいません」

僕が頭を下げると、部長はしぶい顔でうなった。

「美奈子ちゃんか」

彼はかつての美奈子さんの上司でもあり、結婚式でスピーチもしてくれた。当時はまだ課長だったので、美奈子さんはいまだにその役職で呼んでいる。長いつきあいだから、僕たちの家庭事情には通じている。

「めったにないチャンスだぞ？　何人も希望者がいる中で、わざわざおれがお前を推薦したんだ」

部長は僕の肩を抱くようにして、懇々と説いた。

「お前にはもっと本気で働いてほしいんだよ。美奈子ちゃんなら、だんなが単身赴任してもちゃんとやってけるよ。啓太くんだってもう小学生なんだし、お袋さんもそばに住んでるんだろう」

「はい。でも」

「でもじゃない」

部長が一喝し、僕の目をのぞきこんだ。

「お前の気持ちはよくわかってる。今んとこ、仕事に支障をきたしてるわけでもないし、それはそれでかまわない。だけどな、お前自身はそれで本当にいいのか？　男だろ？　でかい仕事に挑戦してみたいと思わないのか？」

僕はとっさに返事ができなかった。

「美奈子ちゃんだって、今は楽しく働いてるんだろ？　あの性格だから、むしろ賛成してくれるんじゃないか？　お前ばっかりが犠牲になることないんだよ」

「とにかく、もう少し待って下さい」

と言ってはみたのだが、部長は待ちきれなかったようだ。今度は美奈子さんに連絡してきたらしい。

突然電話がかかってきたのは、金曜日の夕方だったという。あの日、息子の授業参観を理由に半休をとった僕を見て、部長はいよいよ危機感をつのらせたのかもしれない。

「課長、太ったね。あの一方的な喋りかたは変わってなかったけど」

美奈子さんは母親に啓太の迎えを頼み、部長と会って話をしたそうだ。

「課長の言うとおりだと思う。雪生くんが犠牲になることないよ。こっちは好きにやらせてもらってるんだもの、雪生くんだけががまんするなんておかしい。わたしと啓太のことなら心配しないで」

淡々と言われ、僕は答えに困った。

「みんながやりたいようにやることはできないのかな?」

正面を向いたまま、美奈子さんがつぶやいた。目の前の水槽に、並んで座る僕たちがくっきりと映っている。

「雪生くんはいつも、わたしがやりたいようにやればいいって言ってくれるでしょ? それと同じように、雪生くんにも啓太にも、好きなことをしてほしいと思うのに」

なんと答えたらいいのか、僕が考えをまとめきれないうちに、美奈子さんはすっと立ちあがった。

「外の喫煙所で待ってる」

女性にしては背の高い後ろ姿が、出口の向こうに消えるのを見届けて、僕は水槽のほうへ向き直った。無数の魚たちは、水中を泳ぐというより、流れに身を任せて悠々と漂っているようにも見える。

肩をたたかれて、振り向いた。啓太が首をかしげて僕を見下ろしていた。

「お母さんは？」

「休憩中」

僕はたばこをふかすまねをしてみせた。啓太が小さな肩をそびやかす。

「体に悪いのにね」

「そうだね。啓太からも言ってやってよ」

そうとも限らない、と幼い息子に教えるのはまだ早いだろう。気持ちを鎮《しず》めるために、美奈子さんの体にはニコチンが必要になるときもあるのだ。

帰り道も雨だった。雨足は一段と激しくなっていて、なんとか家に帰り着いたときには三人ともずぶ濡《ぬ》れだった。

着替えて人心地がついた後、僕はソファに座って文庫本を開いた。夕食は美奈子さんが作ってくれるという。隣でテレビゲームをはじめた啓太は、そのうちに飽きたのか、それとも空腹なのか、台所に入っていった。

「今日のごはんはなに？」

啓太の声に続いて、美奈子さんの歌うような返事も聞こえた。

「ミートソーススパゲティー」

何年も専業主婦をやっていたわりに、美奈子さんは料理があまり好きではない。センスがないのだと本人は自嘲《じちょう》してみせ、僕と啓太は反応に悩む。ほぼ唯一《ゆいいつ》の得意料理が、ミートソーススパゲティーである。

どうしてなのか、一度たずねてみたことがある。

「だって練習したもの」

「なんで？」

重ねて質問したところ、顔をしかめられた。

「忘れたの？　雪生くんが作ってくれたじゃない、ミートソース」

あれは出会ったばかりの頃のことだ。なにが原因だったのか、ひと月近くも殺人的に忙しい時期が続き、課の全員が休日返上で働いていた。

「ああもう無理、絶対に無理」

美奈子さんが机につっぷして叫んだのは、確か日曜日の夕方だった。外は雨で、薄暗くひとけのないフロアに、せつなげな声がむなしく響いた。

ふたりきりだったのは、僕たち以外はみんな家庭持ちで、夕食の時刻に合わせて帰宅していたからだろう。独身の僕と美奈子さんだけが、ずるずるとオフィスに居残るはめになっていた。

「こんなの終わりっこないよ。もう疲れた。おなかもすいた」

「気分転換に、食事でも行きますか」

僕が持ちかけると、美奈子さんは手にしていた書類を乱暴にデスクに放り出した。

「こういうとき、カプセルみたいなのがあったらいいのにね」

「はい？」

「一錠で満腹、栄養も満点、みたいなやつ。だって時間がもったいないでしょ？」

「でも、それってつまんなくないですか？」

僕は思わず言い返していた。美奈子さんが顔を上げ、僕をまじまじと見た。

「つまんない？」

つまらないという表現をなぜ使ったのかは、今でもよくわからない。僕もそこまで食にこだわりはなかった。男のひとり暮らしで、日々の食生活はかなり偏《かたよ》っていた。それでも、食べるひまも惜しんで働くというのは、どうも違和感があった。

「そうかなあ」

反撃されるかと思ったら、美奈子さんはいつになく素直な声音で、そうかもね、と言い直した。

「もしかして、自炊とかしてるの？」

「まあ少しは」

「料理、うまいんだ？」

「うまいってほどでは」

「あ、でも、学生のときにレストランでバイトしてたって言ってたよね？　食べさせてよ、プロの料理」

美奈子さんが目を輝かせた。僕が任されていたのは主に皿洗いと厨房《ちゅうぼう》の掃除だったとは、今さら言い出せなかった。

「そうですね、また今度、機会があれば」

「また今度？」

いわく、機会というのは思いたったその日のことを指すらしい。まったく美奈子さんらしい主張に、僕が異議を唱える余地はなかった。

「よし、今日はもう仕事は終わり！」

献立をミートソーススパゲティーにしたのは、一番自信があったからだ。

学生時代に僕がアルバイトとして働いていたのは、家族経営の庶民的な洋食屋だった。まだ若い店主が料理を、かわいらしい奥さんが接客を担当していた。彼はとても親切で、皿洗いの僕にも簡単な料理をいくつか教えてくれた。

ミートソースのレシピも、そんなに複雑ではなかった。まず、薄切りのにんにくと、細かく刻んだ玉ねぎとにんじんを、オリーブオイルでいためる。合挽肉《あいびき》も加えてさらにいためあわせた上で、缶詰のトマトをまぜ、しばらく煮こむ。最後に塩こしょうで味をととのえれば、できあがりだ。コツはふたつ、トマトの酸味が薄れてまろやかな風味になるまで煮詰めることと、食べてくれる相手のことを考えながら作ること、と店主はまじめな顔で言い添えた。

僕のこしらえたミートソーススパゲティーを、美奈子さんは絶賛した。レシピを教えてほしいと頼まれてメモも渡した。でも、そんなに練習するなんて思ってもみなかった。

「僕、お母さんのミートソース大好き」

台所からは母子のやりとりと、たどたどしいリズムの包丁の音がもれてくる。啓太が手伝っているのだろう。

「パパのよりおいしいでしょ」

美奈子さんが得意げに言い、僕は耳をそばだてた。

「うん、まあ」

聞き捨てならない。いや、啓太のことだから、気を遣っているだけかもしれない。

美奈子さんもそう思ったのか、

「他の料理は、ママが苦戦してるけどね」

と、謙虚に言い足した。

「でもね、啓太。得意なひとが得意なことをやるのが、一番なのよ」

「そっか。そうだね」

啓太は納得したようだった。

「じゃあ僕、コックさんになる」

「いいわね。ケイちゃんがコックさんになったら、ママも絶対に食べにいく。ミートソースもメニュウに入れてよね」

オリーブオイルのにおいが漂ってきた。フライパンを火にかけたのだろう。僕のおなかがぐうと鳴った。

台所から美奈子さんの声が飛んできたのは、その数分後だった。

「ねえ雪生くん、スパゲティーはどこ？」

「いつものところ」

僕も声を張りあげた。

さらに数分後、美奈子さんと啓太がとぼとぼとやってきた。ソファの前にふたり並んで、恨めしげな顔つきで僕を見る。

ドリアにしたら、と言いかけてやめた。だめだ、冷ごはんの残りは昼食のチャーハンに使ってしまった。僕は冷蔵庫に残りものがたまるのがきらいで、余った白飯は早めに食べきってしまうように心がけている。ふだんは美奈子さんにも歓迎されているその主婦じみた発想が、今日に限っては悔やまれた。これから炊《た》くくらいなら、スーパーに走ったほうが早い。

「買ってこようか、スパゲティー」

僕は意を決して窓の外をうかがった。美奈子さんと啓太も僕にならった。ねらいすましたかのように、暗い空を稲妻が切り裂いた。

美奈子さんがおもむろに電話に近づき、受話器に手をかけた。

「お寿司《すし》でいい?」

天気が天気なので待たされるかと覚悟していたのに、出前は案外すぐに届いた。

「正解だったね。緊急事態のときこそ、柔軟な意思決定が大事よね。ちょうど、お寿司も食べたかったし」

美奈子さんは頬をゆるめ、握りをせっせと口に運んでいる。

「ひさしぶりだもんな」

相槌《あいづち》を打った僕に向かって、それもあるけど、と悪びれずに言う。

「さっき、魚をいっぱい見たじゃない？　ケイちゃんもたくさん食べなさい、お魚好きでしょ。長いこと見てたもんねえ」

啓太が白身に伸ばしかけていた箸《はし》を、遠慮がちにひっこめた。

「大丈夫だよ、啓太。おいしいって食べてもらえれば、お魚もきっと喜ぶよ」

心優しい息子を、僕は励ます。

「そうだね」

啓太は小声で答えたものの、迷った末に玉子を選んだ。わが子のささやかな葛藤《かっとう》に、母親は気づく様子もなく、好物の中トロをほおばって相好をくずしている。

「マグロは入口のところにいたよね？　あれだけ大きかったら、何貫くらいできるのかな？」

知りあってから今まで、美奈子さんはあまり変わらない。外見も内面も、多少の変化はあっても、芯《しん》は揺るがない。

ただひとつ、食べものへの向きあいかただけが、がらりと変わった。美奈子さんがこんなにおいしそうにものを食べるようになったのは、結婚してからのことだ。

ごはんと同じだね。僕がプロポーズしたとき、美奈子さんはそう言った。カプセルとまではいかなくても、ひとりで簡単に食事をすませてしまうことはできる。ただ、それではつまらない。同じように、ひとりで生きていくのは可能だけれど、ふたりだと毎日がもっと楽しくなる。

そして三人になれば、もっともっと楽しくなる。

やっぱりシンガポール行きは断ろう。隣どうしに座っている妻と息子を見比べて、僕は心を決めた。

よく考えろ、と部長には何度も念を押された。この先も一生、仕事より家族を優先するつもりなのか。どっかの子会社に飛ばされて、定年までうだつが上がらないかもしれないぞ。お前にとってなにが大事か、なにをやりたいのか、頭を冷やしてもう一度よく考えてみろ。言われたとおり、僕は頭を冷やしてよく考えた。僕にとって一番大事なものはなんだろう。一番やりたいことはなんだろう。

みんながやりたいようにやることはできないのかな、と水族館で美奈子さんはつぶやいていた。できるよ、と僕は答えるべきだった。僕は僕のやりたいようにやっている。周りからどう見えても、うまくいかないことがあっても、自分が「犠牲」になっていると感じたことは一度もない。

これからも僕は、僕たちは、僕たちのやりたいようにやっていく。

「ああ、満腹」

美奈子さんが箸を置いた。啓太もついにあきらめたらしく、おとなしく鉄火巻をかじっている。静かだ。外は嵐《あらし》でも、うちの中は安らかに居心地がいい。

ふたりの肩越しに見える、びっしりと水滴で覆《おお》われた窓ガラスの向こうに、僕は目を凝らす。雨はだいぶ小降りになっているようだ。容赦なく吹きすさんでいた風の音もおさまってきた気がする。明日はきっと、晴れるだろう。

花婿《はなむこ》のおにぎり

携帯電話の機内モードを解除すると同時に、けたたましい呼び出し音が鳴り出した。隣を歩いている老夫婦から非難がましい目つきを向けられて、私はあわてて通話ボタンを押す。

「今どこ?」

雪生くんだった。

「成田。たった今着いたとこ。飛行機が一時間も遅れたの。エンジントラブルだかなんだかで、いつまで経《た》っても飛ばなくて……」

「どうする?」

私の言い訳をさえぎって、雪生くんはせわしなくたずねた。ひらたい電話をきつく耳に押しあてていても、声が頼りなく遠い。乗り継ぎ便を案内する係員の呼びかけに、ひっきりなしに続くアナウンス放送と人々のざわめきがまじりあって、じゃまをする。

このあわただしい雰囲気が、ふだんは決してきらいではないのに、今日は騒音がいやに耳につく。

「どうしようかな」

これから入国審査をすませ、荷物を受けとって、税関も抜けなければいけない。空港を出るまでに一時間はかかる。都内へは特急電車でさらに一時間、なんならタクシーに乗ってもいい。土曜日だから、首都高もそう混雑していないだろう。

「直接来るなら、美奈子さんの着替えも持っていっとくけど？」

「ううん、大丈夫。やっぱり予定どおり、家に戻る」

どうせ通り道だから、そんなに時間もむだにはならない。家のほうが身支度もしやすい。もし時間が許せば軽くシャワーも浴びよう。体の汚れというよりも、乗り換えも含めて二十数時間の長旅でこびりついた疲れを洗い流したい。

「そう？　なら、会場で。服とかバッグとか、あと要りそうなものはまとめて袋に入れたから、リビングのソファに置いとくね」

「ありがとう、完璧《かんぺき》。さすが雪生くん」

思わず、感嘆の声がもれた。いつものことながら、うちの夫は本当に頼りになる。

先ほど振り向いた夫婦の、妻のほうが、またこちらをちらりと見た。夫の腕に手をからめ、しがみつくように寄り添っている。電話の相手は、部下か年若い友人だとでも想像しているかもしれない。亭主をくん付けで呼ぶなんて、彼女は考えてみたこともないに違いない。私の母がそうだ。私より年下で、出会った当初は会社の後輩だったといっても、「ご主人」のことを雪生くんと気安く呼ぶなどもってのほからしい。おまけに当のご主人は、「家内」を呼び捨てにすることもなく、美奈子さんと丁寧に呼びかける。

「ごめんね、ばたばたしちゃって」

「美奈子さんのせいじゃないよ。飛行機って、あてにならないから。じゃあ気をつけてね」

電話を切ろうとする雪生くんに向かって、私は問いかけた。

「啓太は？」

「ああ、ちょっと待って」

電話の向こうで、ぼそぼそとやりとりしている気配があった。耳をそばだててみたが、聞きとれない。

ほどなくして聞こえてきたのは、雪生くんの声だった。

「ごめん、今ちょっと手が離せないって」

動く歩道から降りようとしていた私は、前につんのめった。ビジネスマンふうの若い男が迷惑げに横をすり抜けていく。ひきずっているキャリーバッグの車輪がからからと乾いた音を立てる。

「美奈子さん？　聞こえてる？」

「うん。じゃ、後でね」

私はなんとか体勢を立て直し、電話を切った。

上りのエスカレーターの手前で、さっきのキャリーバッグを追い越した。足を速め、さらに何人かを抜く。この調子で一気に階段を上ってしまおうかと考えかけ、思い直してエスカレーターに乗りこんだ。ここで体力を使いすぎて、後になって息切れしたら困る。

年をとったと感じるのは、こういうときだ。四十代の頃だったら、迷わず一息に階段を駆け上っていた。重いかばんや歩きにくいヒール靴にかまうことなく、一段飛ばしで。今回の出張でも、たった三泊四日の間に、年齢を実感させられる瞬間が何度となくあった。連日連夜にわたって会議と会食が詰めこまれた日程表に、眉《まゆ》をひそめてしまったとき。飛行機で飲みものを配る乗務員に、ビールではなくトマトジュースを頼んだとき。同行した上司は、そういう時期なんだよな、と訳知り顔で言っていた。おれも娘の花嫁姿を見たときは、ああ年をとったなあって感じ入ったもんだ。

連絡通路はひどく混雑している。

統一感に欠ける顔ぶれが、いかにも空港らしい。書類かばんを抱えた会社員ふうの若い男、リゾート帰りと思《おぼ》しきアロハシャツにサングラスの男女、リュックサックからぬいぐるみをはみ出させている女の子、娘の手をひく父親。私自身は周りからどう見えているんだろう、とふと思う。ノートパソコンの入った大きな革のかばんと、黒いパンツスーツ姿から、出張帰りだというのは見抜かれるかもしれない。でも、今日の私の予定を言いあてるのは、そうとう難しいはずだ。

「申し訳ありません」

横からせっぱつまった声がした。背広姿の中年男性が、携帯電話を片手にぺこぺこ頭を下げている。私と同世代くらいだろうか。はげあがった額に汗がにじんでいる。

「すみません、飛行機が遅れてしまいまして……はあ、エンジンが……ええ、ええ、わかっております……そうですね、あと一時間ほどで……はい、ではまた後ほど」

大事な会議があるのだろうか。取引先との商談かもしれない。彼と私とでは、どちらがあせっているだろう。もしくは、あせらなければならない立場だろう。

美奈子さんのせいじゃないよ。飛行機って、あてにならないから。

雪生くんは優しい。啓太なら、あてにならないのは飛行機ではなく私だと言うだろう。常習犯だからしかたがない。しかも年季が入っている。私が待ちあわせに遅れようが、土壇場《どたんば》で約束を反故《ほご》にしようが、雪生くんも啓太もたいていは驚かない。とはいえ今日は、そういうわけにはいかない。今日こそは、なにがなんでも、まにあわなければならない。

検疫の列に並ぶ。私のすぐ前は外国人の母子《おやこ》連れで、縮れた赤毛の母親に抱っこされている赤ん坊の顔が、肩越しにちょこんとのぞいた。瞳《ひとみ》は真っ青で頰が赤く、雛鳥《ひなどり》の産毛《うぶげ》のような薄茶色の髪がほわほわと逆立っている。

くたびれたのか、眠いのか、うつろな表情で私を見つめている異国の赤ん坊とにらめっこしながら、ため息がこぼれた。啓太もこれくらい小さい頃は、かわいかった。それこそ雛鳥のように、私にくっついて離れなかった。それが今や、手が離せないにべもなく言い捨てる。手が離せないというのはつまり、私と話したくないという意味なのだろう。そんな遠回しな言いかたですらなく、雪生くんが気を利《き》かせて言い換えたのかもしれない。

私も悪い。いや、たぶん、私が悪い。それは認める。でも。

無性にたばこが喫《す》いたくなってきた。ポケットに手をつっこんで、ライターの感触を確かめる。この先はどのへんに喫煙所があるだろう。飛行機を降りてからここまでの間にもあったはずなのに、私としたことが一心に進行方向をにらむばかりで、視界に入っていなかったらしい。

しかたなく、かばんからガムを出して、口に放りこんだ。向こうの空港で、余った現地の小銭はすべてガムにつぎこんだ。長距離のフライト――長時間の禁煙――を終えた後でも、まだ多少の在庫はある。もぐもぐ口を動かしている私につられたのか、赤ん坊が唇を薄く開けた。何事か訴えるように手のひらをさしのべてくる。ぷっくりふくらんだピンク色の指先に、まるっこい爪《つめ》がちんまりとくっついている。冗談みたいに小さい。

私がぼんやりとみとれていたら、きゃっ、と赤ん坊がだしぬけに甲高い声を上げた。なにがおかしいのか、笑っている。

にっと口を曲げ、おどけた表情を作ってみた。きゃっきゃっきゃっ、と赤ん坊はますますはしゃぐ。またもや昔の啓太を思い出した。小さな啓太はもちろん金髪も碧眼《へきがん》も持たず、それでも世界に誇れるくらいかわいかった。

私はライターをポケットの底に落とし、かわりにパスポートを握り直した。まだ入国審査も手荷物の受けとりもあるし、時間が読めない。無事に税関を抜けるまで、たばこはがまんしたほうがいいかもしれない。

とにかく、今日はなんとしてでも、時間どおりに式場へたどり着かなければならない。息子の結婚式に、さすがに遅刻は許されない。


結婚することにしたと啓太に打ち明けられたのは、去年のゴールデンウィークの最中だった。

特段、驚かなかった。そういうつもりでつきあっているのだろうと、私にもうすうすわかっていた。相手にも不満はない。真衣ちゃんと話したのは数回きりだけれど、頭のいい子だと思う。見た目はかわいらしく、ひとあたりもよく、それでいて実は気が強そうなところもおもしろい。啓太にしては上出来だ。翌年の五月に式を挙げたいというのも、異存はなかった。一年もあれば準備はととのうだろう。

「おめでとう」

私は言い、はたと思いついてつけ加えた。

「挙式と披露宴と二次会を同じホテルでやるのはどう?」

自分たちのときもそうしたかったのに、予算におさまりきらず断念したのだ。もちろん外資の一流ホテルがいい。仕事でつきあいがあるところなら、頼めばなにかしら特典をつけてもらえるかもしれない。費用がかさむ分は多少援助してもいい。一人息子の旅立ちに恥じないように、親心を発揮したつもりだった。

「あ、会場はもう決めたんだ」

啓太が口にしたのは、松濤《しょうとう》にあるレストランの名前だった。

「あそこのシェフはすごいんだよ。他にもいくつか候補はあったんだけど、試食してみて決めた」

その店には、私も何度か行ったことがあった。確かに料理はおいしいものの、正統派のフレンチというよりビストロに近い、こぢんまりとした店だ。

「ちょっとカジュアルすぎない？」

新郎がコックの卵で、新婦の実家はレストラン、そんなふたりの結婚式で、なにはさておき食事を重視するという理屈はわからなくもない。とはいえ、冠婚葬祭にはそれにふさわしい舞台というものがある。

「そう？　でも、とにかく料理がおいしいから。正造さんも、あれなら文句ないって」

その名前を聞いて、私はいっそう憂鬱《ゆううつ》になった。啓太の義父であり雇い主でもある正造氏とはどうも距離が縮まらない。いかにも職人らしい、気難しげでがんこそうな大男に、私はなんとなく敬遠されている気がする。

「できれば、おれも一品くらい作らせてもらいたいんだけどね」

啓太はいつになく浮かれた調子で、とんでもないことまで言い出した。新郎が自ら厨房《ちゅうぼう》に立つなんて、聞いたこともない。私はあきれて相槌《あいづち》も打てなかった。

「そんなこわい顔しないでよ、冗談だって」

こうなったら、頼みの綱はひとりだけだ。横で話を聞いていた雪生くんに、私は向き直った。

「ねえ、雪生くんはどう思う?」

本人が答える前に、啓太が割りこんできた。

「やりたいようにやっていいよね?」

雪生くんは困ったように眉を下げ、小さくうなずいた。すでに話は聞いていたようだ。私ひとりがのけものにされていたらしい。憮然《ぶぜん》として黙りこんだ私に、啓太は言い訳めいた口調でたたみかけてきた。

「早く話そうとは思ってたんだけど、ずっと遅かったから。週末にもいなかったし」

私のせいじゃない。ゴールデンウィークというありがたい習慣は、日本だけのものなのだ。海外の取引先は、極東の国の長い連休など考慮してくれない。休暇の前に片づけなければならない仕事は山積みで、連日残業が続いていた。

「詳しいことは決まりしだい報告する。心配しないで」

啓太はつけ足した。親に負担をかけまいという気遣いのようにも、干渉は無用だという意思表示のようにも、聞こえた。

何事においても、親に頼らず自力で進める息子のやりかたに、ふだんは私も反対しない。自立していてたくましい、とどちらかといえば頼もしく感じる。ただし、人生にかかわるような一大事の場合は、話が別だ。

どんなに重要な決断を下すときでも、啓太はひとことも私に相談してくれない。料理人への転職だって事後報告だった。会社員時代よりもはるかに生き生きと働いているようだし、一生の伴侶《はんりょ》にまで恵まれたわけで、今さら目くじらを立てるつもりはないが、それはあくまでも結果論だ。会社を辞めたと一方的に告げられたときのことを思い返すと、いまだに腹が立つ。こっちは息子の将来を案じているというのに、啓太はまるで聞く耳を持たず、もう決めたから、の一点張りだった。

「なにかお父さんたちにもできることがあれば、手伝うよ」

雪生くんがとりなすように口を挟んだ。

「今のところないな。当日来てもらえるだけでいいよ」

「行くに決まってるじゃないの」

鼻息荒く言い返したあのときは、一年後の会議の予定を知る由《よし》もなかった。

成田からの特急列車はまずまず空《す》いていた。

指定席に腰を下ろし、私はふうと息をついた。入国審査の窓口も混みあっていて、気力も体力も消耗してしまった。待たされるのは大きらいだし、ああいう行列は特にいらいらする。運を天に任せるというのだろうか、自分の力ではどうにもならない状況が、耐えがたい。その上手荷物もなかなか出てこなくて、すっかり時間を食った。

ポケットから携帯電話をひっぱり出して、液晶を確認する。ホームまで走っている途中に着信があったのには気づいたけれど、応答する余裕がなかった。五分前に履歴が一件入っている。まだ現地に残っている上司からの電話だった。

なんの用件だろう。折り返し、かけ直すべきだろうか。思案しつつ画面に目を落としていたら、再び携帯電話が震え出して、びくりとする。今度は電話ではなくメッセージだ。これも同じ上司からだった。すまん、という書き出しを読んで、心臓が跳ねた。深呼吸してから、こわごわ続きに目を走らせる。

幸い、危惧《きぐ》したような非常事態ではなかった。電話して悪かった、緊急の用ではないから明日また連絡する、と書かれた後に、〈一生に一度（たぶん）の晴れ姿、存分に楽しんで下さい。ただし飲みすぎないように〉と結んである。忙しくても茶目っ気を忘れないひとだ。専務という肩書きながら、気さくでいばらず、融通もきくので働きやすい。部下になって数年経《た》つが、最初からうまが合った。仕事に対する姿勢が似ているせいもあるだろう。私たちはふたりとも、自分のやっていることを愛し、誇りを持っている。

専務はおそらく、なにかどうしても伝えたいことができて、部下がなぜ早めに帰国せざるをえなかったのか、一瞬だけ頭から抜け落ちてしまったのだろう。いいことを思いついたんだ、と電話をかけてくるとき、彼は決まって子どものようにわくわくした口調で話す。今回はどんないいことがあったのだろう。

私にとっても、この会議の収穫は大きかった。最終日には参加できなかったものの、不満げな啓太と心配そうな雪生くんを説きふせて、はるばる地球の裏側まで出かけたかいはあった。

「無理しなくていいのに」

悩みに悩んで出席を決めた私に、専務は鷹揚《おうよう》に言った。

「結婚式だろう。もし出られなくなったりしたら、一生恨まれるぞ。うちなんて幼稚園の卒園式でも大騒ぎだった」

仕事のほかにもうひとつ、私たちふたりには共通点がある。家族との関係についても、なにかと話が合うのだ。

「大事な用事ってのは、なんで重なるんだろうな?」

一人娘の誕生日の晩にクライアントから緊急のクレームが入った。入試の合格発表の日、出張中で連絡がつかなかった。学校の父親参観に行けたためしがない。細かい状況は違うにせよ、彼の経験談は私にとって他人事《ひとごと》ではなかった。ひとつ約束を破るたび、どんなに妻と娘に不平を言われたか。それをどうやってなだめ、機嫌を取り、父親としての地位を守ってきたか。ふたりで飲みにいくと、はじめは仕事や経済について議論しているのに、いつのまにやら家族の話題になっている。

「だけど、おれだって結婚式はさすがに出たぞ」

専務は得意げに胸を張ってみせた。自慢するほどのことではない。

「そりゃそうでしょう」

「結納は遅刻したけどな。あれもさんざん怒られた」

私もだ。

両家の初顔あわせを、遅刻どころかすっぽかした。啓太は激怒した。あそこまで憤慨をあらわにするのは、ひさしぶりのことだった。

「大丈夫です。結婚式には出ますから」

恨めしそうな目つきを頭の中から追いやり、私は断言した。まにあうように帰国して、花婿《はなむこ》の母の役目をまっとうしてみせる。

「式に出るだけでいいのか？　いろいろ準備もあるんじゃないか」

「いえ。全部、本人たちが用意するみたいで。私が留守でも、いざとなれば夫がいますし」

いざとならなくても、雪生くんの存在は大きい。私と啓太を取り持つ、強力な永世中立国だ。素直に謝れない私を諭し、頭に血の上っている啓太をあやし、うまく和解に向けて働きかけてくれる。

啓太の前だと、私はなぜか意地を張ってしまうのだ。売り言葉に買い言葉で、話がいよいよこじれていく。その後、夫婦ふたりだけになってはじめて、後悔に襲われる。母親失格だと落ちこむ私を、しかたないよ、美奈子さんがわざと仕事を入れたわけじゃないんだから、と雪生くんは辛抱強く慰めてくれる。私が涙を見せられる相手は、世界中でただひとり、雪生くんだけだ。それまでは、ごく幼い頃を除いて、人前で泣いたことなんかなかった。血のつながった両親や、気を許した恋人の前でさえも、弱みをさらすなんて許せなかった。

絶対的な味方がそばにいてくれる私は、恵まれているのだろう。妻と娘の双方から集中砲火を浴びなければならない専務は、失態の埋めあわせにも、私より数倍心を砕いている。出張のたび、空港の免税店で、高価な化粧品やブランドものの小物なんかをせっせと買いこんでいる。私も興味がないわけではないが、有名ブランドの商品は東京でも手に入る。家族へのお土産は、街に出て現地らしい掘り出しものを見つけられたときにだけ、買っている。カラフルな手織りのランチョンマット、とぼけた顔つきの指人形、珍しいハーブや香辛料を持ち帰ったこともある。留守番させている家族への罪滅ぼしというより、遠い異国の空気を少しでも味わってもらいたいのだ。店先でふたりの顔を思い浮かべ、あれこれ選ぶのも楽しい。

今回は、小指ほどの背丈の、陶器のくまの置物を買った。うちの分と、息子の新居の分を、ひとつずつ。

「かわいいでしょう?」

無造作に新聞紙で包まれた戦利品を、私は専務にも見せた。彼はちっぽけなくまをしげしげと見つめ、つぶやいた。

「理解のある家族でいいよなあ」

彼以外の同僚からも幾度となく投げかけられてきた、おなじみのせりふだ。専務の場合は、純粋にうらやましがっているのが伝わってきて微笑《ほほえ》ましいが、同じ言葉に皮肉やとげを含ませる人間も少なくない。

実際、うちの家族は理解がある。私の年齢で、こんなに手厚く応援してもらえている女性はまれだろう。啓太がまっとうに育ってくれたのも、雪生くんや私の母の助けがあったからだ。感謝している。あらたまって口に出すのは——特に、啓太の前では——気恥ずかしいけれども。

私は携帯電話を膝《ひざ》の上にふせ、こめかみをもんだ。

うんと伸びをして、窓の外へ目を向ける。空港のそばに広がっていたのどかな田園風景から、だんだん田畑の占める割合が減って、建物の背が伸びてきた。あと三十分ほどで、東京駅に着く。

電話で聞いていたとおり、リビングのソファには大きな紙袋が置いてあった。クリーニング店からとってくるように頼んでおいたノースリーブの黒いワンピースが、しわにならないように、一番上にのせられている。その下には新品のストッキングもちゃんと入っていた。さすが、雪生くんにぬかりはない。

ワンピースにかかっているビニールをはぎとり、スーツの上下を脱ぎ捨てた。あと三十分で家を出なければならない。シャワーを浴びる時間はなさそうだ。マッサージチェアでくつろぎたい誘惑もおさえ、ワンピースを勢いよく頭からかぶる。なめらかなシルクがさらさらと素肌をなでる。背中のファスナーをひっぱりあげて、寝室に入った。クローゼットの前面に張られた、全身鏡の前に立つ。

先月、行きつけの店で買ったワンピースは、デザインも丈もわれながらぴったりだ。縦長のシルエットは長身をひきたててくれるし、深めの襟ぐりも、ななめになった裾《すそ》のラインも、下品にならない程度に遊び心がある。とってもお似合いです、まるであつらえたみたい、と店員にほめられるまでもなく、試着室のカーテンを開ける前から心は決まっていた。

この服の出番は、今日で二度めだ。出張の直前に開かれた、会社のパーティーにも着ていった。息子の結婚式もこれにするつもりだと専務に話したら、もっと落ち着いた格好のほうがいいんじゃないの、とからかわれた。ほらなんていうか、母親らしく、地味に留袖《とめそで》とかあるじゃない。もちろんこれもすごく似合ってるけどさ。

花嫁の母親は、「母親らしい」服装をしてくるのだろう。啓太に聞いてみようと思いながら、忙しくて忘れていた。着物だろうか？　それとも、淡い色あいのツーピースとか？　娘とそっくりの、穏やかで優しげな顔だちには、どちらも似合いそうだ。彼女と会うたびに、母性、の二文字が自動的に私の頭に浮かぶ。いずれにしても、黒いワンピースは着てこないはずだ。

なにげなく鏡に顔を近づけてみて、ぎょっとした。

肌がかさついている。顔色も悪い。目の下にうっすらとくまも浮いている。つかのま呆然《ぼうぜん》と立ちつくし、しかし呆然としているひまもないことを思い出して、回れ右をした。ほぼすっぴんなんだからしかたない、そういえば顔さえ洗ってない、と自分で自分を励ましつつ、洗面所へ向かう。

化粧をすませて寝室に戻り、また鏡の前に立った。化粧水と美容液を丹念に塗りこんだ肌は、そこそこ復活している。五十代にしては上等だろう。コエンザイムだかヒアルロン酸だか、高価な基礎化粧品に含まれる天然成分のおかげだ。啓太にばかにされ、雪生くんにすら首をかしげられるけれど、こういうときにこそ、高級化粧品の威力を思い知らされる。服が黒一色なので、深紅の口紅を塗ってみた。にっこりと微笑み、真顔に戻り、もう一度笑顔を作ってみる。悪くない。一歩後ずさって、あらためて全身を映す。動くたびに、アシンメトリーの裾が生きもののように躍る。

大丈夫だ。悪くない。

このワンピースを買った日、帰ってさっそく着てみせた。雪生くんは私の全身を眺め回し、よく似合ってる、かっこいいよ、と目を細めた。きれいだとか若々しいとか、ほめ言葉はいろいろあるが、私はかっこいいと言われるのが一番うれしい。

リビングに引き返し、紙袋をのぞいた。かさばるものを出してしまって、中身は最初の半分以下に減っている。靴も取り出したら、あとはバッグやらショールやら折り畳み傘やら、こまごましたものが残った。

「傘？」

ひとりごとが口からもれた。おもてはよく晴れている。でも、雪生くんが準備してくれているということは、きっと必要なのだろう。夕方から天気がくずれるのかもしれない。考えているうちに面倒くさくなってきて、袋ごと持っていくことにした。移動はタクシーだし、会場には控室もある。少々荷物が大きくてもかまわない。

ピンヒールに体重をかけると、ふくらはぎがぎゅっとひきしまった。

マンションの前でタクシーを拾い、後部座席に乗りこんで行き先を告げた。車がすべるように走り出す。

「パーティーですか？」

人の好さそうな白髪まじりの運転手が、ミラー越しに話しかけてきた。

「ええ、身内の結婚式があって。ぎりぎりなので、ちょっと急いでもらえると助かります」

私はにこやかに答えた。運転手がきまじめな顔でうなずく。

「かしこまりました」

身内というのを、実の息子ではなく甥《おい》か姪《めい》あたり、あるいはもっと遠い親戚《しんせき》だと解釈したのだろう。訂正はしないでおく。あせって事故でも起こされたら事だ。

六本木の交差点を過ぎたところで、雪生くんから電話が入った。あと十分で着くという運転手の言葉を、そのまま伝える。

「よかった、リハーサルにはまにあうね。こっちは準備万端。そうそう、料理もさっき少しだけ味見させてもらったんだよ。やっぱりおいしかった」

珍しく、はしゃいだ口ぶりだった。雪生くんはけっこう味にうるさい。こんなに絶賛するなんて、とびきりおいしいのだろう。啓太がこだわっただけのことはある。

「いいなあ。私もおなかぺこぺこ」

着陸前に機内で軽食を出されて以来、ちゃんとしたものを食べそびれている。ガムでは空腹はおさまらない。

「もう少しのがまんだよ。フルコースが待ってるからね」

雪生くんは笑って電話を切った。

出張中も、夕食は毎晩フルコースだった。会議の主催者がフランス人で、わざわざパリから料理人を招いての本格的な晩餐《ばんさん》が用意されていたのだ。有名な三つ星レストランで腕をふるい、本国でも注目されている存在だと事前に知らされて、期待はふくらんだ。出張が決まって以降ふてくされていた啓太さえ、へえ、すごいな、と関心を示したほどだ。料理人の値打ちは星の数だけで決まるわけじゃないけどな、しろうとはすぐ情報に踊らされるから、といやみを添えるのも忘れなかったが。

初日の感動が、やはり最も大きかった。冷前菜のテリーヌが運ばれてくると、テーブルから歓声が上がった。真っ白な大皿の中央に堂々と鎮座したひときれの、四角い断面から、色とりどりのモザイク模様がのぞいていた。目で味わうひまも惜しんでフォークがのびた。美しいテリーヌは見る影もなくくずれ、何種類もの野菜や肉が口の中で溶けあった。会場に、美味を意味する各国の言葉が、さざ波のように広がっていった。家族や友達といった親しいひとたちにもこれを食べさせたいと思っている人間は、私以外にもいただろう。

もったいないな。うっとりとシャンパングラスを傾けつつも、私は頭の片隅で考えていた。こういう場では、しばしば感じることだった。

職業柄、私はよく取引先の接待を企画する。高級レストランや老舗《しにせ》の料亭で一席もうけることも多い。ただ、仕事の話をしながらでは、豪華な食事を心から堪能《たんのう》するのはどうしても難しい。商談がまとまったり有益な情報を得られたり、有意義な時間ではあるのだが、気の張らない相手とこのテーブルを囲めばどんなに盛りあがるだろう、と惜しいような気もしてしまう。ことに、うちの夫と息子の場合、食にかける情熱は尋常ではない。

次いで登場した温前菜は、白アスパラガスのソテーだった。

「最高級の生クリームを使ったソースに、旬《しゅん》のモリーユも混ぜこんであります。ぜひご賞味下さい」

給仕の青年が、やや訛《なま》りのある英語で歌うように説明してくれた。

「モリーユってなんだ?」

隣の専務が私に耳打ちした。

「きのこじゃないですか」

私はささやき返し、芸術品さながらに品よく盛りつけられた皿を眺めた。もったいないないな、と先ほどとはまた違った意味あいで、思う。

有名シェフの料理はすばらしいけれど、繊細な隠し味やら絶妙な火の通しかげんやらを、私の舌がきちんと感じとれているかは心もとない。趣向を凝らした料理には、それ相応の、鋭い味覚の持ち主こそがふさわしいだろう。たとえば啓太なら、この同じ一皿に対して、何倍もの感動や発見があるかもしれない。

「お飲みものはいかがですか?」

また別の給仕に声をかけられ、白ワインを注いでもらった。ブルゴーニュのシャルドネだった。きりりと冷えていて飲みやすい。

「よく飲むなあ」

専務に言われて、私はとっさにグラスを置いた。自覚はなかったものの、少し酔いが回っているのかもしれない。気を抜くと、よけいなことばかり考えてしまう。気を取り直し、まるまると太ったアスパラガスをほおばった。せっかくの優雅な晩餐を楽しまなければ、それこそもったいない。私だってそれなりの味覚は持ちあわせているし、食に対する関心も平均よりは高いはずだ。少なくとも、今は。

昔は食べものになんか興味はなかった。仕事に追われ、食事をするひまも惜しかった。カプセルで栄養をとりたいと言って、雪生くんにたしなめられたこともある。それが今では、食べるだけでなく作ることにも熱心な夫と、その血を受け継いだ息子の影響で、食事は私の人生においてかなり重要な位置を占めている。

白身魚のポワレの後に、レモンのシャーベットを挟んで、主菜はぶあついステーキだった。欲ばってチーズももらった時点で満腹を通り越していたが、デザートのワゴンに好物のチョコレートケーキを見つけてうっかり欲が出た。ほの甘い脂《あぶら》をしたたらせた仔牛《こうし》の、とろけるような舌ざわりを思い出すだけで、じんわりと唾《つば》がわいてくる。

「もう、すぐそこなんですけどね」

運転手に声をかけられて、私ははっとして窓の外を見やった。いつのまにか、タクシーは渋谷の駅前にさしかかっていた。夏を先どりした薄着の若者たちが、車道にまではみ出してぶらぶらと歩いている。じれったそうに響くクラクションの音にも動じる気配はない。

車がじりじりとスピードを落とした。私はやきもきしてカーナビをにらんだ。目的地までは残り数百メートルらしい。降りて歩いたほうが早いだろうか。歩道も混んでいるから変わらないか。考えをめぐらせていたら、また携帯電話が震えた。

「ごめん、さっき言い忘れてたけど」

雪生くんが言った。

「袋の中にいつもの入れといたんだけど、わかった？　おなかすいたって言ってたから、もしかして気がついてないのかと思って」

「ちょっと待って」

私は携帯電話を持っているのと反対の手を、傍らに置いた紙袋に突っこんだ。底から白っぽいビニール袋を探りあて、軽く結んである口を開いて膝の上で逆さにする。アルミホイルの小さな包みがふたつ、転がり出た。

顔がほころんでいくのが、自分でもわかった。

「見つけた」

海外出張の帰り道、私は急にお米が恋しくなる。現地にいる間は平気なのに、飛行機に乗ったとたん、どうしても食べたくてたまらなくなるのだ。それも、機内食のぱさついたライスや空港のレストランではなく、手作りのおにぎりがほしくなる。

いつだったか、この発作的な衝動について雪生くんに話したら、それ以来おにぎりを作っておいてくれるようになった。具を入れない塩むすびにたっぷりの海苔《のり》を巻くのが、わが家の定番だ。

「リハーサルやら式やら、食べるまでにはまだちょっとかかるから。虫おさえにちょうどいいんじゃない？」

「ありがとう。うれしい」

私が声をはずませると、雪生くんは苦笑まじりに答えた。

「僕じゃないよ」

「え？」

「今日は僕が作ったんじゃない。啓太だよ」

今朝、雪生くんが私の服や持ちものを用意している間に、啓太は黙々とキッチンでごはんを炊《た》いていたという。

「まさか、自分の結婚式の朝におにぎり作るはめになるとは思わなかったって、笑ってたよ」

私のほうは、笑えなかった。ありがとう、とばかみたいに繰り返してから、われに返って言い添えた。

「ありがとうって伝えて」

電話の向こうで、一拍間《ま》が空いた。

「ほんとにありがとうって、啓太に」

ちゃんと伝えてね、と念を押そうとしたそのとき、ぼそぼそと声が聞こえてきた。

「……礼はいいから、早く来たら」

そっけなく言い残して、啓太は電話を切った。私は前へ身を乗り出し、運転席に声をかけた。

「すみません。おにぎり食べてもいいですか」

「どうぞどうぞ」

アルミホイルをはがしたとたんに、ぷんと海苔のにおいが鼻先をくすぐった。うんと大きく口を開けて、かぶりつく。ほのかな塩気がじわじわと舌にしみわたる。

おかえり。

耳もとで、やわらかい声が聞こえた気がした。疲れ果てて家に帰り着いた私を、家族はいつもそう言って迎えてくれる。ただいま。私は心の中で応《こた》えて、ゆっくりとおにぎりを咀嚼《そしゃく》する。

おかえり。ただいま。私の息子も今日から新しい場所で、新しい相手と、そんなふうに声をかけあいながら日々を重ねていくことになる。

やりたいようにやったらいい。結局のところ、私もそう思う。家族が私に言ってくれたように。言い続けてくれたように。やりたいように、やったらいい。私はあなたを信じている。

「あれって、家訓みたいなものなんですか?」

半年ほど前、わが家へ遊びにきた真衣ちゃんに、神妙な顔つきで聞かれた。

啓太と雪生くんはキッチンで夕食の準備をしていた。食卓がととのうまでの間、私と真衣ちゃんはリビングのソファで食前酒を飲みつつ、世間話をしていたのだった。

「家訓?」

堅苦しい響きに面食らって、私は聞き返した。

「やりたいようにやったらいいよ、って啓太が……啓太くんが、よく言うんです。ふたりでいろいろ話しあってるときに。式のこととか、新居のこととか」

真衣ちゃんはそこで言葉を切り、ばつの悪そうな表情を浮かべた。

「でもあたし、最初はちゃんと意味がわかってなくて。遠慮してるのかなとか、もしかしてどうでもいいのかなとか、あれこれ考えちゃって」

実は一回もめちゃって、と照れくさそうに笑う。

「あたしが怒ったんです。自分はどうしたいのか、はっきり教えてよって。そしたら啓太くん、きょとんとして」

そうして、しどろもどろに弁明したという。別にがまんしているわけでも責任を放棄するつもりもない、明確な希望があればちゃんと言っている、でもそうでない場合はできるだけ真衣の意見を尊重したいと考えている、云々《うんぬん》。

「それでやっと、あたしにもしっくりきたっていうか。ええと、なんかうまく言えないんですけど、まるごと受け入れようとしてくれてるってことなのかなって」

私の目を見て、真衣ちゃんは言い足した。

「啓太くん、言ってました。おれはそういうふうに育てられたから、って」

タクシーは新緑の並木道を進んでいく。

啓太が作ってくれたおにぎりの、最後のひとくちを飲みこんで、私は行く手を見つめた。降り注ぐこもれびが、シャンパンの泡みたいにきらきらとはじけている。

コンソメスープとマーブルクッキー

ドアが開くなり、笑い声と話し声と叫び声と歌声が、ごちゃまぜになって私の耳に飛びこんできた。

パーティーはもうはじまっているようだった。ひと続きになったダイニングとリビングの、中央に置かれたテーブルには料理や飲みものが所狭しと並び、椅子《いす》の背に赤やピンクの風船がくくりつけられている。壁に貼《は》られた、これも色とりどりの折り紙には、アルファベットが一文字ずつ書いてある。

H、A、P、P、Y、B、I、R、T、H、D、A、Y、M、A、R、I、N。

「亜実《あみ》ちゃん！」

袖口《そでぐち》と裾《すそ》にフリルがふんだんにあしらわれた、派手なオレンジ色のドレスを着た女の子が、いちはやく私たちをみとめて駆け寄ってきた。

「マリンちゃん」

亜実がそう呼びかけるより先に、いかにも本日の主役然とした装《よそお》いを見て、私にもなんとなく察しはついていた。名前にそぐわず、こけしを思わせる純和風のおもだちは、玄関口で出迎えてくれた母親と瓜《うり》ふたつである。

細い目をいっそう細め、けげんそうに私をじろじろ見ているマリンに、

「おじいちゃん」

と亜実が簡潔に紹介してくれた。私からもなにか挨拶《あいさつ》すべきだろうか。迷っているうちに、マリンがさっと亜実に腕をからめた。

「行こ」

亜実を連れて、奥にある畳敷きの和室へと引き返していく。ふたりと同じ年頃の女の子が数人、輪になって人形遊びに興じている。

室内には熱気がこもっている。外では木枯らしが吹いているというのに、暖房をきかせてあるのか、それとも人口密度が高いせいだろうか。決して広くない二間に、おとなが五人、子どもは十人近くもいる。ミニカーやぬいぐるみがそこらじゅうに散らばり、各自の荷物も床にごちゃごちゃと置かれていて、よけいに狭苦しい。

赤いセーターを着たわんぱくそうな男の子が、ソファをトランポリンがわりにして飛び跳ねつつ、おたけびを上げている。よだれかけをつけた幼児がふたり、テレビの

正面で腹ばいになってアニメ番組に見入っている。テーブルについている母親たちも、わが子に負けじとかしましく談笑している。

「おじいちゃまも、どうぞくつろいで下さいね」

マリンの母親から椅子をすすめられ、私はぎこちなくうなずいた。暑くて狭くて騒々しい、こんなところでどうやってくつろげっていうんだ、と聞き返すのは無粋だろう。

テーブルの先客たちが会話を中断し、自分の苗字《みょうじ》と子どもの名前をくちぐちに名乗りはじめた。そんな一気に言われても覚えきれない。向こうのほうで亜実が心配そうにこちらをうかがっているのが目に入り、私はどうにか笑顔をこしらえる。

にぎやかな昼食がはじまった。亜実くらい大きな子たちは、ソファとテレビの間に置かれたまるい座卓を囲み、もっと小さい子は母親の膝《ひざ》にのせられている。マリンの母親がおとなのテーブルで料理を取りわけ、子どもたちの円卓にも並べた。

各自、一品を持ち寄る約束だと聞いて、私はキッシュを作ってきた。直径三〇センチほどのタルト型の、半円分がテーブルに残った。

「これ、ほんとにおいしい」

「さすがプロですね」

あっというまに売りきれてしまい、私は味見をしそびれた。ほめられて面目躍如といいたいところだが、他がひどすぎる。べたべたと脂《あぶら》っこい鶏《とり》のからあげ、市販のドレッシングの味しかしないサラダ、やたらにぶあついピザは冷凍食品だろう。世話好きな母親たちが、断るまもなく私の取り皿を奪いとって勝手に数種類をよそってしまったので、口をつけないわけにもいかない。ファストフード店のナゲットやフライドポテトさえまじっている。今どきの子どもは毎日こんなものばかり食べさせられているのか。同情してしまう。

「このキッシュ、お店でも出されてるんですか?」

「はい。店はもう、息子に任せてますが。私は少し手伝っているだけで」

店を啓太に譲ったのは、半年前のことだ。

今のところ私も厨房《ちゅうぼう》に入ってはいるものの、調理の段取りを決めて指示を出すのは啓太の役目になった。最初の数週間は、それは、と私が口を出しかけたり、これは、と啓太が質問しかけたり、多少ぎくしゃくもしたけれど、しばらくすると互いに慣れた。私は極力でしゃばらず、原則として言われたことだけをやるように心がけている。

かつての先代にならい、七十歳になったら潔《いさぎよ》く一線から退こうと前々から決めていたのだ。料理人は引き際《ぎわ》が肝心だ、と彼はつねづね言っていた。その日に向けて後進を一人前に育てあげなければならない、とも。

料理の腕前だけでいえば、啓太はすでに一人前といっていい。日々のメニュウの組みたてや、食材やワインの仕入れといった、店主としてやらなければならない仕事も、ひととおりはできるようになってきた。いずれ、そう遠くないうちに、私は完全に隠居することになるだろう。

「そっか、亜実ちゃんのパパが継がれたんですね」

「すてきなパパですよね。さわやかだし、子育てにもすごく協力的だし」

彼女たちの言うとおり、啓太は子育てに協力的である。営業日の夜は帰りが遅くてなにもできないかわり、朝の出勤前には進んで亜実と幸紀《こうき》の面倒を見ているらしい。店の定休日は、朝から晩まで子どもたちと過ごし、ほとんど自分の時間もとれないようだ。食事を与え風呂《ふろ》に入れ、おむつ換えから寝かしつけにいたるまで、なんでもござれだという。

ちょっとかわいそうじゃないかと私や芳江がたしなめても、真衣はけろりとしている。あたしだって、週六日は亜実たちにつきっきりで自分の時間なんかないもん。日曜も遊んでるわけじゃないよ、料理とか洗濯とか掃除とか、いくらでもやることあるんだから。

そうはいっても、やはり世間一般の水準に鑑《かんが》みれば、そうとうよくできた婿《むこ》である。啓太の両親は共働きで、多忙な母親にかわって父親が育児のみならず家事全般をこなしていたそうで、そんな家庭環境の影響もあるのかもしれない。

「ああ、うらやましい。それにひきかえ、うちのだんななんか」

しばし、亭主に対する辛辣《しんらつ》な批判と生々しい愚痴が、テーブルを飛びかった。女性陣の糾弾を、私はうつむいてやり過ごす。世代はずれているとはいえ、私も育児をほぼ妻に任せきりにしてきた「無責任」で「役立たず」な男の一員には違いない。

「いいなあ、亜実ちゃんママは」

誰かがため息まじりにつぶやいた。私はあわてて口を挟んだ。

「今日は急に来られなくなって申し訳ないと娘が言っていました。皆さんにくれぐれもよろしくとのことで」

真衣からの伝言を、遅まきながら思い出したのだ。しっかり誠意を見せておかないと、うちの娘まで彼女たちの毒舌の標的になっては困る。

「こちらこそ、大変なときにすみません」

さっき夫をこきおろしていたのとは別人のように優しげな声で、マリンの母親が言った。

「コウくんのぐあい、いかがですか？」

「おかげさまで、だいぶ落ち着いたみたいです」

幸紀は時折こうして喘息《ぜんそく》の発作を起こす。昨晩から調子が悪く、明け方にかけて一段と苦しそうにしていたので、救急病院まで連れていったという。治療を受けて症状はおさまり、今は様子を見ている、と私が出かける間際に啓太から連絡があった。

「じゃあ一安心ですね」

「亜実ちゃん、いいですね。パパともおじいちゃんとも仲よしで」

別の母親もにこやかに言う。私は横目で子どもたちのほうを見やった。亜実は他の子にまじって、一心にフライドポテトをむさぼり食っている。

亜実と私は特に仲がいいわけではない。

今日はたまたま、私以外に付き添ってやるおとながいなかっただけだ。啓太は病院に詰めている。亜実と家に残った真衣も、徹夜で幸紀の看病をして、くたびれ果てている。芳江はこんなときに限って、常連の奥さん連中に誘われ、一泊二日の温泉旅行に出かけてしまっている。

「あきらめなさいって何度も言ったんだけど、亜実がどうしても行きたいって聞かないの」

困り果てた声で、真衣は私に電話をよこした。

はじめは気が進まなかった。どう考えても、私は適任じゃない。もともと社交的な性格とはいえないし、子どもも得意ではない。別にきらっているわけでもないのだが、向こうが逃げていくのだ。体が大きいし顔もこわいもんね、と真衣は身も蓋《ふた》もないことを言う。実の孫である亜実すらも、私を避けているふしがあった。

四人の祖父母のうち、亜実がなついているのはなんといっても芳江である。私の印象では、次が啓太の父親、そして私、啓太の母親という順になる。そのうち幸紀もそうなるだろう。啓太の父親は、孫と顔を合わせる機会は私や芳江に比べて少ないものの、柔和でひとあたりがよく、子どもの扱いもうまい。同じ祖父でも、幼児にどう接していいものやら見当もつかずに黙りこんでしまう私とは、対照的といっていい。反対に、啓太の母親はべらべら喋《しゃべ》りすぎだ。あんなふうにのべつまくなしに話しかけられては、おとなでもひるむ。

「亜実はいいのか?」

「うん、大丈夫だって言ってる」

亜実の人見知りは、去年あたりからぐっとましになった。幼稚園に通い出し、社交性が養われたのだろう。同じ時期に幸紀が生まれたのも後押しになったのか、めっきり成長したと真衣も喜んでいた。弟妹《きょうだい》ができると、上の子は情緒不安定になりがちだと聞くけれど、亜実の場合はそうでもないらしい。むしろ姉の自覚が芽生えたようで、わがままもあまり言わなくなり、弟のこともかわいがっているそうだ。

「どう、お父さん？　やっぱりだめ？　どうしても無理なら、啓太からお義父《とう》さんかお義母《かあ》さんに頼んでもらうけど」

最後のひとことで、断りかけていた私の気持ちがぐらついた。

彼らにできて、私にできないはずがない。たかが半日、孫を友達の家に連れていってやるだけだ。

「行く」

と、私は答えた。

子どもたちが食事を終えた頃合に、飴《あめ》細工の花やうさぎで飾られた、まるいケーキが登場した。調子はずれの歌声を伴奏に、マリンが意気揚々と四本のろうそくを吹き消した。

ひとりひとりに配られたケーキはほんのひとくちだったけれども、今日食べたもののうち、唯一《ゆいいつ》まともな味がした。マリンの母親が口にした店名には、私も聞き覚えがあった。確かニューヨークに本店をかまえる新進の洋菓子店だ。

「ケーキ、もっと」

私の隣に座っている母親のところへ、赤いセーターの男の子が寄ってきた。

「もうおしまい。さっきママの分もあげたじゃないの」

なだめられて、下唇を突き出している。亜実も昔はよくこうしてふくれっつらをしていたものだが、近頃は見なくなった。それも成長の証《あかし》なのだろう。

「クッキーはどう?」

「いらない」

正直な子だ。ケーキの量を補うかのように添えられていた手作りのクッキーは、残念ながら生焼けだった。

「これもよかったらどうぞ」

マリンの母親が、子どもたちの座卓から食べ残しの料理を回収してきた。半円を八等分に切りわけたキッシュは、ほとんど手つかずのままである。減っている八分の一は亜実が食べたのだろう。

「もうひときれ、いただいちゃおうっと」

「こんな凝ったお料理、子どもにはもったいないもんね」

私に気を遣ったのか、母親たちがすばやく皿に手を伸ばした。責任をとるつもりで、私もひときれつまんだ。

生地、専門用語でいうパート・ブリゼは、さくさくと香ばしく焼きあがっている。冷蔵庫で休ませる時間を十分とれなかったわりには、悪くない。この食感が大事なのだ。コツは、バターを粉とまぜるときに、決して溶かさないことである。溶けるとねばりが出て、もそもそした口あたりになってしまう。具は、卵と牛乳と生クリームにナツメグ少々を加えたアパレイユに、甘くなるまでいためた玉ねぎとほうれん草をまぜこんである。上にどっさりのせた生ハムの塩気と風味も利《き》いている。パルメザンチーズを振りかけた表面の焼き色も、美しい。自分で言うのもなんだが、なかなかうまくできている。よく冷えた白ワインがほしくなってくる。軽めの赤でも合うかもしれない。

しかしながら、いくら自分がうまいと感じても、客が食べてくれなければ料理人としては失敗である。

「なあに、ケンちゃんもほしいの?」

見ると、さっきの男の子がキッシュを持った母親の腕をひっぱっていた。おとなたちがおいしそうに食べているので、興味をそそられたのだろうか。あるいは、パート・ブリゼからタルト菓子を連想し、これもケーキの類《たぐい》だと解釈したのかもしれない。

「これはケーキじゃないんだよ」

母親が小声で言った。

そのとおり、菓子に使うパート・シュクレは、キッシュのパート・ブリゼと似ているようで、実はまったくの別物だ。甘みの有無もさることながら、工程も異なる。シュクレのほうは、クッキーと同じように、まず卵をバターに練りこんでから粉を加える。また、ブリゼと違って水を足さないため、生地に弾力が出ない。ほろほろとした、もろく砕けるような食感が特徴だ。

「食べる」

きっぱりと応《こた》えた息子の口に、母親がひとかけらを入れてやった。男の子がもぐもぐと口を動かしはじめる。

そして急に、顔をしかめた。背をまるめ、大口を開け、黄と緑が無残にまじったぐちゃぐちゃのかたまりをべろんと吐き出した。

「きゃっ」

「やだ、大丈夫?」

「ティッシュ、ティッシュ」

テーブルがにわかに騒然とした。私がなすすべもなく座りこんでいると、ひじをちょんちょんとつつかれた。

「ねえ、おじいちゃん」

亜実かと思ったら、違った。マリンが真剣な目で私を見上げていた。

「亜実ちゃんが泣いてる」

亜実は和室の隅にぺたりと座りこんでいた。顔を赤く染め、口をぎゅっと結び、ぽたぽたと涙をこぼしている。

「亜実、どうした？」

私が聞いても、なにも答えない。

「お姉ちゃんが泣かした」

マリンが代弁した。私と一緒に様子を見にきた母親が、眉《まゆ》をつりあげる。

「そうなの、アクア？」

またすごい名前だ。

マリンの横でふてくされたようにうつむいているのが、そのアクアらしい。小学校低学年くらいだろうか。紺色のワンピースを着て、髪をひとつに結んでいる。めがねをかけているせいか、亜実たちよりも頭ひとつ分背が高いせいか、おとなびて見える。

「亜実ちゃんに謝りなさい」

母親が厳しい声で命じ、私に向かって深々と頭を下げた。

「本当に申し訳ありません」

「いえ、まあ、子どものけんかですから」

私はもごもごと答えた。

「アクアはお姉ちゃんでしょう？　どうして小さいお友達に優しくできないの？」

重ねて叱責《しっせき》されたアクアが、母親をにらみつけた。亜実と同じく、両目いっぱいに涙をため、私たちの脇《わき》をすり抜けて和室から駆け出していく。

「アクア！　ちょっと待ちなさい！」

母も娘を追った。遠巻きに見物していた他の子どもたちも、それぞれの遊びへと戻っていき、亜実とマリンと私の三人だけが残された。

「どうしたんだよ、亜実？」

亜実は私から顔をそむけ、カーディガンの袖でぐいぐい目もとをこすっている。マリンが私を見上げてひそひそと言った。

「お姉ちゃんがね、亜実ちゃんはクッキー作れないって言ったの」

「クッキー？」

「あのね、マリンとお姉ちゃんとママでね、クッキー作ったの」

あの生焼けのクッキーのことだろうか。

「それでね、お姉ちゃんが、亜実ちゃんはクッキー作れないって」

クッキーを作れない、とあの子が亜実に言った？　それは、四歳児には技術的に難しいという意味か？　もしくは、あんたは仲間に入れてやらないという意味なのか？

そう言われた亜実は、なぜ泣いてしまったのだろう。お前には無理だと決めつけられて、自尊心を傷つけられたのか。それとも、自分だけ仲間はずれにされたようで悲しくなったのか。

はたまた、単にうらやましかっただけなのか。

亜実は料理全般に対し、なみなみならぬ関心を寄せている。もっと幼い頃から、おもちゃの調理器具や食器をずらりと並べ、ままごと遊びに没頭していた。たとえば一時期は、プラスチック製の野菜を切るのに夢中だった。ピンポン玉くらいの大きさのトマトやキャベツは、右半分と左半分がマジックテープでくっつけてあり、これもプラスチックでできた包丁を入れるとまっぷたつに割れる。何種類もの野菜を切ってはくっつけ、くっつけては切り、という終わりのない単純作業を、亜実は延々と繰り返していた。キャベツの千切りを任された洋食屋の見習いさながらに、まじめくさった顔つきで粛々と。フライパン料理が大流行したときもあった。雑誌やチラシに印刷された、ピザだのお好み焼きだのの写真を切り抜いておもちゃのフライパンに入れ、さも焼いているふうに揺すってから皿に移すのだ。フライパンの柄を握った左手の手首を、右手でとんとんと軽くたたくのは、啓太のしぐさをまねているようだった。

二、三歳になってからは、お手伝いと称して、ときどき真衣と一緒に台所に立っているようだ。野菜を洗ったりちぎったり、卵を溶いたりさせてやっているらしい。去年の誕生日だったか、おととしのクリスマスだったか、プレゼントになにがほしいかとたずねたら、「ほうちょう」を所望されて驚いた。今どきは、子ども専用の安全な商品がいろいろと売られているのだ。切れ味のよくない包丁というものを、私は生まれてはじめて買い求めた。

「だから、亜実ちゃん泣いちゃったんだよ」

マリンが痛ましげに眉をひそめ、しめくくる。

「うん？　亜実はどうして泣いたんだって？」

私は問い返した。肝心のくだりを聞き逃してしまったのかと思ったからだ。亜実は依然として黙りこくっている。

「お姉ちゃんが、クッキー作れないって言ったから」

マリンがおおまじめに繰り返した。

「そうか。教えてくれてありがとう」

私は力なく礼を言った。

「亜実、どうする？ そろそろ帰るか？」

亜実が無言でこくりとうなずいた。

恐縮しきっているマリンの母親に暇乞《いとまご》いをして、帰途についた。帰り道でも亜実はひとことも口を利かなかった。

私もできる限りの努力はした。辛抱強く亜実に話しかけ、真相を聞き出そうと試みた。娘を迎えにきた真衣は、パーティーはどうだったかとたずねるに違いない。亜実は友達の姉に泣かされた、理由はわからない、などとまぬけな返事をしてあきれられるのはごめんだ。

私の奮闘もむなしく、亜実は頑《がん》として口を開かなかった。

定休日の札が下がったドアを開けて、店に入った。ヒーターをつけ、奥のテーブルにふたり向かいあって腰かける。柱時計は二時過ぎを指している。こんなことになっているとは知らない真衣は、四時頃に迎えにくるはずだ。

「わかった。もういい」

ついに私が折れた。この強情な性格は、いったい誰に似たのだろう。真衣か啓太かといえば、明らかに真衣だ。さらに一世代さかのぼってみて、ため息が出た。私か芳江かといえば、明らかに私だ。

「話したくないなら、話さなくていい」

そのかわり、こっちも黙らせてもらう。似た者どうしで、根《こん》競べだ。

私が二階から読みかけの本をとって戻ってくると、亜実は床に届かない足をぶらぶらさせ、帰り際にマリンからもらった包みを開けていた。誕生日プレゼントの返礼らしい。文房具の詰めあわせのようだった。メモ帳、カラーペン、シール、亜実は中身をひとつひとつじっくりと検分し、順番にテーブルの上に並べていく。合間に、向かいの席で本のページをめくっている私のほうを、ちらりちらりと盗み見る。自分もまた盗み見られていることを、おそらくわかっているのだろう。

そういえば、真衣もこうやって意地を張るときがあった。記憶がよみがえってきたついでに、対処法も思い出す。こういう場合は、むやみに問い詰めるよりも、別の手がある。

「おやつでも食べるか？」

できるだけさりげない口調で、私は言った。

「飲みものも。のど、かわいてるだろう？　おばあちゃんちのココアはどうだ？」

ココアは亜実の好物だ。しかも、あったかいココアは特別だと言って、芳江を喜ばせる。実は私もうれしい。味の違いがわかる子なのだ。

真衣が作ってやるココアは、砂糖とミルクがあらかじめ添加された粉に、熱湯を注ぐだけでできあがるらしい。一方、うちでは純ココアを使い、ホーローの小鍋《こなべ》で作る。牛乳を、まずは大さじ一杯ほど加えて練ってから、少しずつ注ぎ足してのばしていき、砂糖を入れて味をととのえる。

亜実がわずかに首を動かしたのを見届けて、私は立ちあがった。

「よし。ちょっと待ってろ」

厨房でココアをこしらえ、ついでに自分にはコーヒーを淹《い》れた。とろりと濃厚なチョコレート色の液体を、亜実専用の、小ぶりの赤いマグカップに注ぐ。

「ありがとう」

カップを両手で受けとった亜実は、ぼそぼそと言った。ようやっと孫の声を聞けて、私はほっとした。

「熱いから、気をつけてな」

亜実がカップの中身にふうふうと息を吹きかけて、ひとくちすすった。少し寄り目になっている。

「おいしい」

「そうか、よかった。おやつも食べるか?」

「うん」

はにかんだ笑みに気持ちがほぐれ、私は冗談めかしてつけ足した。

「クッキーはないけどな」

亜実が顔をさっとこわばらせ、マグカップをテーブルに置いた。

しまった、と思う。よけいなことを言った。子どもの機嫌はすこぶる変わりやすい。げらげら笑い転げていたほんの数秒後に、ちょっとしたきっかけでさめざめと泣き出したりする。

しかしながら、あんまりだという気もする。こっちはわざわざキッシュを焼き、見知らぬ若い母親たちとの不毛な時間を耐えしのび、あげくに気を遣ってココアまで作ってやっているのだ。幼い孫を相手に恩を着せるつもりはないが、せめて機嫌よくしてもらわなければ報われない。

「なあ亜実、いいかげん機嫌を直したらどうだ？」

おとなげないとは知りつつも、私はつい言ってしまった。

「あのクッキー、うまかったか？」

亜実は眉間《みけん》にしわを寄せ、上目遣いで私をにらみつけている。不機嫌なときに小鼻をひくつかせる癖は、母親譲りだ。

「まずかっただろ？　あんなの、うらやましくもなんともないじゃないか。亜実も作ればいい。真衣と……お母さんと、もっとうまいやつを」

「作れないよ」

「なんで？」

思いのほか大きな声で、亜実が私をさえぎった。

「だって、アクアちゃんが……」

作れないと決めつけられて、自信をなくしたのか。あんな子どもの言うことなんか気にしなくていい。どうせ生焼けのクッキーしか作れやしないんだから。

反論しかけた私に、亜実は挑むように続けた。

「お姉ちゃんになったら、ガマンしなくちゃいけないんだよ」

唇の端っこに、茶色い筋がついている。

「ガマンできないのは、ワガママなんだって」

急に声が小さくなった。亜実は私からふいと目をそらし、うつむいた。肩が小刻みに震えている。

私は腰を上げ、柱時計の隣に置いてある戸棚のひきだしから、客用の白い布のナプキンを一枚出した。テーブルまで引き返し、少し考えて、亜実の正面ではなく隣に座る。

私が手渡したナプキンで、亜実はごしごしと目もとをこすった。

「亜実、ガマンする。お姉ちゃんだから」

鼻にかかった声で言う。

「そうか」

こういう場合、なんと答えたらいいのだろう。がまんしてえらいな、とほめてやるべきなのか。それとも、がまんなんかしなくていい、と慰めたほうがいいのか。

「ママはコウちゃんのお世話で忙しい。パパはお仕事が忙しい」

呪文《じゅもん》のようにぶつぶつとつぶやいている亜実の肩に、私はそっと手のひらをのせた。

亜実があごを上げ、赤くなった目で私の顔をのぞきこんだ。

「おじいちゃん、コックさんやめちゃうの?」

唐突に聞かれ、私は面食らった。

「ああ、もうすぐな」

「どうして?」

「亜実のお父さんが、かわりにコックさんをやってくれるんだ」

「どうしてふたりでやらないの?」

質問の真意を、遅ればせながら私も察した。父親が忙しくなったのは、引退する祖父の分まで働かなければならないせいだと亜実は理解しているようだ。

「いつまでもふたりでやり続けるわけにもいかないからな」

慎重に答える。亜実には悪いが、これぱっかりはどうしようもない。

私だって、長年守ってきた厨房を去りがたい気分はある。婿の助手に甘んじているのを物足りなく感じるときも、まだまだ現役でやれるのにと思ってしまうときもある。だが、それだけの元気がある今にこそ、引継ぎをはじめるべきなのだ。啓太自身も、はりきっている。その昂揚《こうよう》は私にもよくわかる。三十年以上経《た》っても、くっきりと覚えているのだ。お前はもう一人前だ、と先代にはじめて言われたとき、どんなにうれしかったか。来年から店を任せると言い渡されて、不安になる反面、どんなに誇らしかったか。

「新旧交代ってやつだ」

「シンキューコータイ？」

亜実がいぶかしげに問う。

「古い世代は、どこかで新しい世代に場所を譲るんだよ」

言ったそばから、これでは幼稚園児にはわかるまいと思った。子どもにものを説明するのは難しい。考え考え、言葉を継ぐ。

「幼稚園もそうだろう。亜実は、今は年少組だけど、四月からは年中になるよな。かわりに、新しい子たちが入園してくる。年中の子は年長になって、年長の子は卒業する。そうやって、どんどん入れ替わっていくんだよ」

亜実はしばらく考えこんでいた。それからゆっくりと顔を上げ、私を見た。

「亜実も？」

どうやらうまく伝わったようだった。私は亜実の頭をなでた。

「そうだよ。亜実も再来年には卒園だ。次は小学生になる」

「そうじゃなくて」

亜実が私の手を振りはらうように、激しく頭を振った。眉が八の字に下がっている。

「亜実も、コウちゃんとコータイなの？」

言われている意味を私がのみこむのに、数秒かかった。

「違う、違う、違う」

亜実が再び泣き出す前に、あせって言った。

「違う。全然違う。おじいちゃんの言いかたがよくなかった。家族は交代しないんだ。亜実はずっと、お父さんとお母さんの子どもだ」

「ずっと？」

「そう。ずっと、一生、お父さんとお母さんの子どもだ」

私は亜実の背をさすった。

「ほんとに？」

「本当だよ」

手のひらを通して、亜実の不安が伝わってくる。

言ってやりたいことは、たくさんある。お父さんもお母さんも、お前をないがしろお父さんもお母さんも、お前をないがしろにしているわけじゃない。やらなければいけないことがあまりにもたくさんあって、以前のようには手が回らないだけだ。お父さんが仕事に励んでいるのは、亜実たち家族のためでもある。さびしいのもわかるけれども、応援してやってもらえないか。

　言いたいことはたくさんあるにもかかわらず、言葉にならないのがもどかしい。私もお前たちを、亜実を、応援したいのに。どうにかして力になりたいのに。

「……クッキー」

　私の口から、かすれた声がこぼれ出た。亜実がぴくりと身じろぎした。

「クッキー、作るか。おじいちゃんと」


　わが家では、厨房の奥に置いてある食器棚の、一番下のひきだしに、料理のレシピをまとめて保管している。

　もともとは、私が先代から教わったレシピを、はがき大のカードに書きとめていたのがはじまりだった。店で出すメニュウばかりでなく、飾らないまかない料理もまじっていた。結婚してからは、芳江もこのカードを使い出し、さらに自分でも書くようになった。テレビで紹介されていた惣菜《そうざい》、図書館で借りた本にのっていたおかず、友達の家でふるまわれた得意料理などなど、さまざまな出自のレシピが集まった。なんでもインターネットで検索するような時代ではなかったから、とりあえず紙に書いておくのが安心だった。真衣が高校生の頃には、洋菓子のレシピも増えた。数十年の間にたまったカードは、今やかなりの量になる。和食、洋食、中華およびエスニック料理と三つの箱に分類し、それぞれに立てて入れてある。

洋食の箱を、私はひきだしから取り出した。ささっているカードの数は、むろん他の二箱よりも格段に多く、ずっしりと重い。

亜実の待っているテーブルまで引き返し、隣にかけ直して、箱から何枚かカードを抜きとってみた。黄ばんでいるもの、油かなにかのしみが飛んでいるもの、比較的新しそうなもの、いろいろある。筆跡によって、誰がどれを書いたかは一目瞭然《いちもくりょうぜん》だ。

「このまるっこい字は、亜実のお母さんだな。そっちはおばあちゃん。字がでかいのが、おじいちゃん」

私が教えると、亜実も箱から一枚ずつカードを出しては、これはおばあちゃんの、これはママの、と仕分けしはじめた。てっぺんに記されているメニュウの名も、ひらがなかカタカナだけの場合に限って読みあげる。

「これは、おばあちゃん。な、す、と、ト、マ、ト、の、ピ、ザ」

「これは、ママ。チ、ヨ、コ、チ、ツ、プ、マ、フ、イ、ン」

「これは、おじいちゃん。キ、ツ、シ、ユ、ロ、レ、ー、ヌ」

亜実が私を見上げた。

「キッシュ？　今日の？」

「ああ、ちょっと具が違うけどな。ロレーヌはベーコンと玉ねぎを入れるんだ」

「キッシュ、おいしかったねえ」

どっちかっていうとフライドポテトのほうが気に入ってたんじゃないか、と皮肉を言うのはよして、私は微笑《ほほえ》んだ。孫の心遣いを素直に受けとめよう。

亜実がカードをまた一枚手にとった。

「これも、おじいちゃん。コ、ン、ソ、メ、スープ」

コンソメスープは、私がこの店ではじめて味わった料理である。ひらたい皿に満たされた液体を、スプーンですくって飲むというのもまた、はじめての体験だった。こぼさないように、こわごわ口まで運び、ひとさじすすって衝撃を受けた。世の中には、こんなにうまいものが存在するのか。

私は十五歳だった。その年の春に中学を卒業し、近所の工場に就職したものの、半年も経たずに辞めてしまっていた。手先は器用なほうで、機械の部品を作る仕事そのものはきらいではなかったが、体育会系の暑苦しい人間関係がわずらわしくなったのだ。一緒に住んでいた母は、反対はしなかったけれど、早くかわりの仕事を見つけろと言った。私もそのつもりだった。一人息子を女手ひとつで育ててくれた母に、これ以上の苦労はかけたくなかった。

それからはアルバイトに精を出した。組織のしがらみが強そうな職場と、接客業は避けた。体力には自信があったので、肉体労働も進んで受けた。ビルの清掃員、倉庫の警備員、引っ越しの作業員なんかもやった。中でも気に入っていたのは、工事現場の交通整理だった。持ち場に立って旗を振るだけでいい。オリンピックの開催をひかえ、東京中いたるところで工事をやっていて、働き口には不自由しなかった。

ある冬の日、私は都心の住宅地に派遣された。下町育ちの私は、足を踏み入れたことのない地域だった。

気取った街だろうという先入観を裏切って、駅前の商店街には活気があふれ、バス通りにはこぢんまりとしたオフィスビルが並んでいて、さほどよそよそしい雰囲気ではなかった。現場は大通りからひと筋入った、民家の立ち並ぶ界隈《かいわい》だった。狭い路地には通行人も車もめったに通らず、交通整理はそう難しくなかった。ただ、おそろしく寒かった。人目がないのをみはからい、腕を振り回したり足踏みしたりして、なんとかしのいだ。

そのうちに、どこからかいいにおいが漂ってきた。肉を焼いているのか、玉ねぎをいためているのか、とにかくうまそうなにおいだった。昼どきにはまだ早いけれど、どこかの家で食事の下ごしらえでもしているのだろうか。きょろきょろと左右を見回してみたが、出どころはわからない。

わかったのは、正午近くになってからだった。閑散としていた道に、人通りが増えてきたのだ。背広を着てネクタイをしめたサラリーマンふうの太った男、品のいい初老の夫婦、そろいの制服にコートをはおった若い女子社員ふたり連れ、と顔ぶれは多彩だった。皆、大通りのほうからやってきて、私の前を過ぎ、数メートル先の十字路まで進んだ。そして、その角にあるレンガ色の建物へと吸いこまれていった。

昼休憩の時間に、私は様子を見にいってみた。木製のドアの傍ら、私からは死角となっていた位置に、金属製の小さな看板がはめこんであった。フランスの家庭料理を出すレストランらしい。フランスと家庭料理というふたつの言葉が並んでいるのは、ちぐはぐな感じがした。私にとっての家庭料理とは、肉じゃがでありトンカツであり、おでんだったのだ。

道に面した窓にはレースのカーテンがかかっていて、中は見えない。いずれにせよ、店内に入るつもりも金もなかった。においの正体をつきとめられた私はすっきりして持ち場へ戻り、道端の縁石に座って、母の作ってくれた握りめしをたいらげた。

夕方、仕事あがりに再び店の前まで足を運んだのは、その三十分ばかり前に男がひとり出てきて、入口のドアに貼り紙をしたのを目撃していたからだ。

それはアルバイト募集の告知だった。縦書きで一行ずつ、厨房担当（調理補助）、経験不問、交通費支給、勤務日応相談、とやけに達筆で書いてある。まかないつきというところまで読んで、悪くないなと思った。あたりに引き続きたちこめている、魅惑的なにおいにつられたのだ。そうでなくても、育ちざかりの私は四六時中腹をすかせていた。仕事帰りにとてつもない空腹に襲われ、稼いだばかりの給料がさっそく飛んでいってしまうのは、どうにも悔しいものだった。

最後の行だけは、一文字一文字、右横に朱の二重丸をつけて強調してあった。重要な条件のようだ。

まじめで体力のある方求む。

私なら、まずまず満たしているといえそうだった。しかし肝心の仕事の中身が気にかかる。厨房で働くなら、客の相手はせずにすみそうだけれど、まともに包丁すら握ったことのない私に「調理補助」がつとまるだろうか。おまけに、作るのは外国の料理なのだ。

いや無理だろう。

理性が食い気に打ち勝った。私が回れ右しようとしたところで、だしぬけにドアが内側から開いた。

まず目に入ったのは、白いコック帽だった。目線を下げると、彫りの深いおもだちの、小柄な中年男と目が合った。鋭いまなざしで見据えられ、こちらが見下ろしているにもかかわらず、なぜか見下ろされているかのような威圧感を覚えた。

男が私の顔からドアの貼り紙へと視線を移した。

「いえ、あの」

私が首を横に振り、一歩後ずさったそのとき、ぐうう、とすさまじい音がした。男は眉を上げ、私の腹に目をやった。それからドアをがばりと全開にして、中へ入れと身ぶりで示した。

もしや、客と勘違いされてしまったのだろうか。私はもう一度、首だけでなく両手も懸命に振ってみたが、男は体勢を変えなかった。有無を言わさぬ迫力に気圧《けお》されて、私は店内に足を踏み入れた。

薄暗い中に、いくつかテーブルが配置されている。壁に飾られた風景画といい、立派な柱時計といい、私の知っている飲食店とはまるで雰囲気が違った。男が入口から一番近いテーブルに歩み寄り、椅子をひいた。私がおっかなびっくり腰かけるのを待って、奥のドアからすたすたと出ていってしまう。

そのドアの向こうが、厨房のようだった。かすかな物音と、相も変わらず香ばしいにおいがもれてくる。彼が私のために料理を用意しているのだろう。私は腹を括《くく》った。こうなったら、食うしかない。ポケットには日給がまるまる入っているから、なんとかなるはずだ。予想外の散財は痛いけれど、明日からはなるべく倹約してつましく過ごそう。

やがて、金色のコンソメスープがテーブルに運ばれてきた。

ひとくちすすって、散財とか倹約とか、頭を占めていたうっとうしい単語はすべて吹き飛んだ。肉と野菜の旨《うま》みが凝縮された、ぜいたくに澄みきった液体を、私はただただ夢中で飲んだ。向かいに座った男さえ、もはやほとんど目に入っていなかった。

スプーンを置いたときには、凍えきった体も芯《しん》からあたたまっていた。

「ごちそうさまでした。おいしかったです」

私が言うと、男はうなずいた。心なしか表情が和らいでいるようだった。

「いくらですか？」

今度は、首を横に振ってみせる。彼がこれまでひとことも発していないことを、遅まきながら私は意識した。日本語が通じないのかもしれない。しかたなく、給料の入った封筒をポケットからひっぱり出して、札をとりあえず一枚差し出してみた。

男は眉を寄せ、札を手のひらで押し戻した。そして、とうとう口を開いた。

「いらない」

私はぽかんとした。彼が日本語を喋ったことも、その内容も、不意打ちだった。

「あんた、うまそうに食うな」

先代はぼそぼそと続けた。

「うちで働いてみるか？」


あれからもう五十年以上が経つ。

亜実の手もとに並んだ、三つのカードの束のうち、左端のひとつを私は手にとった。トランプのばばぬきをするときの要領で、扇形に広げて持つ。鶏レバーと無花果《いちじく》のパテ。ブイヤベース。牛ホホ肉の赤ワイン煮。サラダ・ニソワーズ。鴨《かも》のコンフィ。どれも先代から教わった料理である。

先代は日系三世としてフランスで生まれ育った。初対面の私を誤解させた、日本人離れした風貌《ふうぼう》にもかかわらず、曾《そう》祖父母の代までさかのぼっても西洋人はいないらしい。

「じゃあ、どうして？　やっぱり食べものが違うからですか？」

私がなんの気なしにたずねたところ、そうだ、と先代は短く答えた。

「食べるもので、人間は変わる」

なにを今さらわかりきったことを、といわんばかりのあきれ顔だった。

戦後まもなく、先代が単身で日本へ移住してきた経緯は、私も知らない。なぜ故郷を離れたのかも、また、本来は家族の食卓に上るものであるはずの家庭料理を、なぜ家族からはるか遠くの地でひとり作り続けているのかも。彼の口数の少なさは、初日からついぞ変わらなかったし、自らの過去に関してはことのほか口が重かった。

「これも、おじいちゃんの」

亜実が私にカードをよこした。

「ガ、トー、シ、ヨ、コ、ラ。って、なあに?」

「チョコレートケーキだ。フランス語で、ケーキはガトー、チョコレートはショコラって言うんだよ」

「ふうん」

ガトーショコラ、と亜実はきまじめに復唱し、思いついたように言い添えた。

「チョコレートケーキ、こないだパパが作ったよ。ミナコちゃんのお誕生日に」

「へえ」

ミナコちゃんというのも、亜実の友達だろうか。マリンやアクアに会った後では、ずいぶん古風な名前に感じられる。

「ミナコちゃんは、ケーキの中でチョコレートケーキが一番好きだって。ユキオくんはね、ケーキならなんでも好きだって」

そこでようやく、私は勘違いに気づいた。亜実は啓太の両親、つまり父方の祖父母のことを、下の名前で呼ぶ。なんでも、啓太の母親――ミナコちゃん――が、「おばあちゃん」だの「ばあば」だのといった年寄りくさい呼び名は断じてがまんならないと言い張ったそうだ。

「チョコレートケーキの作りかた、おじいちゃんがパパに教えたげたの?」

「ああ、そうだな」

ここで働きはじめた頃、啓太はたびたびこのレシピカードをめくっては、作ってみたい料理をせっせと書き写していた。家で練習したいと言っていた。できあがった試作品を、同居していた両親に食べさせる機会もあっただろう。

そういえば私も、母のためにコンソメスープを作ったことがある。あれも誕生日祝いだった。狭いアパートの台所でなんとか工夫して作るつもりでいたら、定休日だから厨房を使えと先代に言ってもらった。せいいっぱい奮発して牛肉の塊を準備し、半日がかりでこしらえた。魔法瓶に入れて家まで持ち帰ったものの、うちにはスープ皿がなく、どんぶり鉢に注いだ。こんなにおいしいものははじめて食べた、と母はおおげさなくらいに感激してくれた。

「おじいちゃん、おばあちゃんにもお料理教えてたんでしょ?」

「昔な。よく知ってるな」

「ママに聞いた」

亜実が首をかしげた。

「じゃあ、おじいちゃんは? 誰に教えてもらったの?」

「前にこの店をやってたコックさんだ」

「おじいちゃんのパパ?」

「いや」

違う、と言いかけてためらう。父の顔を知らない私にとって、先代は父親のような存在だった。

料理について、店の運営について、長年培《つちか》った知識のすべてを、彼は惜しみなく私に伝えた。最終的にはこの店まで、おまけにたくさんの常連客つきで、格安で譲ってもらった。今にして思えば、生涯を独身で通した先代のほうも、私を息子のような存在と感じてくれていたのかもしれない。

先代が引退した後も、私はときどき会いにいった。最初の十年はひとり暮らしのマンションに、次の十年は老人ホームに、それから最期《さいご》の住まいとなったホスピスにも。葬儀の席で、フランスからやってきた先代の妹とはじめて顔を合わせた。上品な白髪の老婦人は、たどたどしい日本語で、何度も私に礼を言った。長い間、兄のことを支えて下すって、誠にありがとうございました。

血はつながっていないのに、私たちは性格まで似ていた。無口で、ひとづきあいが苦手で、料理以外にはこれといった趣味もない。というか、料理しかできないのだ。客と話すよりも、厨房で黙々と鍋をかきまぜているほうが、ずっと落ち着く。先代のもとで修業を積むうちに、自分もこんなふうにひとりで生きてゆくことになるのだろう、と私は漠然と考えるようになっていた。料理の腕を磨き、店を切り盛りし、そして願わくは後継ぎとなるような若者を見つけて育ててあげる。

けれど私は、芳江と出会った。

「これ、なあに?」

見ると、亜実がレシピのカードよりひと回り小さい、名刺サイズの紙をかざしていた。

「フ、ア、ミー、ユ、ド、ト、ロ、ワ？」

「ああ」

私は思わず声をもらした。古いショップカードが、どういうわけか箱の中にまぎれこんでいたらしい。

「昔、うちの店はそういう名前だったんだ」

私が正式に店を継ぐにあたって、つけた名である。それまでは、先代の苗字がそのまま店名となっていた。

ファミーユは家族、トロワは三を意味する。だから、真衣と啓太が結婚したときに、「ド・トロワ」をとることにした。どのみち従業員も常連客もファミーユと縮めて呼んでいたので、違和感はなかった。店の名前は名前だから、なにも変えなくてもいいのにと言う客もいたけれど、私は気にしなかった。私たちに新しい家族が増え、これから力を合わせて店を支えていくのだと、世界に向かって堂々と宣言したい気分だった。

そうして今、家族はさらに増えている。

「亜実もねえ、大きくなったら、みんなにごはん作ってあげるの」

カードをひらひらと振り回し、亜実が得意そうに言った。

「ママと、パパと。コウちゃんと。おじいちゃんとおばあちゃんと、ユキオくんとミナコちゃんにも」

「そうか、そりゃ楽しみだ」

「楽しみだね」

亜実はくすぐったそうに体をよじっている。優しい子だ。家族想《おも》いでもある。まだ、たったの四歳なのに。

「でもな、亜実」

ガマンする、と言いきった亜実の頼りない鼻声が、ふと私の耳によみがえった。

私は孫娘と目を合わせた。この子はまだ、たったの四歳だ。

「今から作るクッキーは、ふたりで食べよう」

「ふたりで?」

「そう。おじいちゃんと亜実で作って、ふたりだけで食べる」

ぱちぱちとまばたきをしている亜実の瞳《ひとみ》の奥に、かすかな光がともった。私はすかさずたたみかけた。

「亜実のクッキーだからな。好きなだけ食べなさい」

がまんなんか、しなくていい。少なくとも私の前では。

「お母さんにもお父さんにもあげないぞ。コウちゃんにもな」

喜ぶかと思いきや、亜実はもの言いたげに私を見上げた。

「ん？　どうした？」

またなにか失言してしまっただろうか。ぎくりとして息を詰めた私に向かって、亜実がおもむろに口を開いた。

「コウちゃんは、クッキー食べれないよ」

「あ、そうか。そうだよな」

私は苦笑した。この間、皆で食事をしたときも、ぐじゅぐじゅにすりつぶした離乳食を口に差し入れられ、つまらなそうに飲みこんでいた。

「かわいそうだな」

なにげなく、つぶやいた。

「かわいそうだねえ」

亜実も神妙なおももちでうなずいている。

「まあ、しょうがないか。まだ赤ちゃんだからな」

「しょうがないね。コウちゃんは、まだ赤ちゃんだから」

私の言葉を繰り返し、くすくす笑う。

「さて。レシピはどれにするかな」

私はカードの入った箱を引き寄せた。亜実も私の手もとをのぞきこんでくる。

クッキーにも、いろいろある。定番のバタークッキー、繊細な口どけのラングドシャ、素朴な味わいのオートミールクッキー。今回は、手はじめに簡単なもののほうがいいかもしれない。何度か練習して慣れてきたら、難しいレシピにも挑戦しよう。それから、この大量のカードも、もう少し整理したほうがいい。できれば素材別、せめて主菜と副菜とデザートくらいには分けておきたい。これから先も、また誰かが使うかもしれない。

この子がコンソメスープを作る日も、いつか来るのだろうか。先ほど自分でも言っていたとおり、家族のために。あるいは、私もこの子も今はまだ知らない、新しい家族のために。

「これなんか、どうだ?」

「マー、ブ、ル、ク、ッ、キー」

亜実が私の渡したカードを高らかに読みあげて、椅子からぴょんと飛び降りた。勇んで厨房へ駆けていく小さな背中を、私も急いで追いかける。

ハンバーグの日

ぼーん、ぼーん、ぼーん、と柱時計が鳴った。

午後三時、いつもならランチの営業が終わり、フロアと厨房《ちゅうぼう》の片づけも一段落する頃合だ。あたしたち従業員にとっては、一日で最ものんびりできる時間帯といっていい。

厨房に一番近い四人がけの丸テーブルを囲んで、あたしたちは遅めの昼食をとる。あたしの左にお父さん、右にお母さん、そして正面に啓太が座る。まかない料理は、お客さんに出したランチの余りだったり、啓太がパスタをゆでてくれたり、日によってまちまちだ。客足が思いのほか少なかったときは、余ったサラダやケーキを分けあうこともある。労働の後の食事は格別で、真衣はほんとに幸せそうに食べるよなあ、とあたしはよく啓太にからかわれる。

けれど、今日は違う。

まず、あたしたちが座っているのは、いつもの丸テーブルじゃない。フロアの中央に置かれた、六人がけの四角いテーブルだ。それから昼食の内容も、ふだんとは別物だった。前菜二品にスープとメインディッシュ、デザートまでついたコース仕立てで、お客さん用のランチよりもずっと品数が多い。

あとは、啓太だ。あたしの向かいという席順こそ変わらないものの、表情はいつもの百倍くらい固い。おまけに顔色も悪い。

その横には、啓太のお父さんが座っている。顔だちも体つきも、息子にそっくりだ。それとも、息子が父親にそっくりだ、と表現すべきだろうか。どっちにしても、本当によく似ている。顔だちと体つきばかりでなく、ひたすら恐縮して縮こまっている様子まで。

啓太の右隣の椅子《いす》だけが、空いている。使われなかった食器類がひとそろい、白いクロスの上にひっそりと並んでいる。

食事中の会話がはずまないのも、いつもと違った。一品ごとに、啓太のお父さんは「おいしいです」とほめ、うちのお母さんが「ありがとうございます」と応《こた》え、材料や作りかたなんかも説明して、でもそれ以上は話がふくらまなかった。気詰まりな沈黙の中、まるでなにかの修業みたいに、五人で粛々とフォークを動かした。うちのお父さんは、食後のコーヒーを飲み終える段になっても、いまだにひとことも口を利《き》いていない。あたしもなんとか場を盛りあげたかったけれど、適当な話題をちっとも思いつかなくて、ワインばっかりがぶがぶ飲んでしまった。こういう気まずい状況は得意じゃない。もめごと全般にあたしは弱いのだ。店で恋人どうしがけんかをはじめたり、子どもが親にしかりつけられたりしていると、逃げ出したくなる。

だけど今はたぶん、まだましだ。誰も涙ぐんでいない。罵《のの》しりあってもいない。少なくとも、口に出しては。

「では、そろそろ」

鳴り終えた柱時計を一瞥《いちべつ》し、啓太のお父さんが口を開いた。

「今日は本当に申し訳ありませんでした」

テーブルに額がくっつきそうなくらいに深く、頭を下げる。啓太もならった。

帰っていくふたりを、あたしとお母さんは店の外まで出て見送った。ほのかに色づきはじめた銀杏《いちょう》の並木道をとぼとぼと歩いていく後ろ姿も、やっぱり似ている。

次の日、店であたしと会うなり、啓太は両手を合わせた。

「ほんとにごめん」

「こっちこそ、お父さんがあんなでごめんね」

「いや、怒って当然だよ。完全にうちの母親が悪いし」

うちのお父さんにあらためて謝るために、わざわざ早めに出勤してきたらしい。

「ま、機嫌はまあまあ直ってたでしょ？」

厨房のドアを目で示し、あたしは言った。

「うん。ありがとう」

お父さんは、好ききらいも思いこみも激しい。それに気が短い。どなり散らしたり暴れたりはしないものの、むすっと陰気に押し黙り、それはそれで扱いづらい。あたしも昔はつい頭に血が上ってしまい、融通のきかないお父さんとまっこうから対決しては、火に油を注いだものだった。お父さんは自分が正しいと思い定めたが最後、こっちの言い分には聞く耳を持たない。対等な会話が成りたたなくなるのだ。お父さんも真衣のためを思ってるのよ、口下手だからうまく伝えられないだけで、とお母さんはとりなそうとするけれども。

対処法としては、あわてず騒がず逆らわず、本人の頭が冷えるまで待つのが正しい。ちょうど、ローストした肉の塊を、オーヴンから出した後でしばらく休ませておくように。あせってナイフを入れては、熱々の肉汁が流れ出してしまう。お母さんから学んだそのコツを、あたしもだんだん実践できるようになってきた。

「啓太のお母さんに会えなかったのは、残念だけどね」

あたしがつけ足すと、啓太は顔を曇らせた。

「会わせるほどのもんじゃないよ」

穏和な啓太は、なぜかお母さんに対してだけ手厳しい。

「しかたないじゃない。仕事だったんでしょ？」

日曜日に呼び出されるなんて、よほど緊急の用件だったのだろう。そんな経験をしたことのないあたしにとっては、かっこよくさえ感じる。

「ちゃんと仲直りしなよ」

啓太が目を泳がせた。なんとも答えずに、そそくさと厨房へ入っていく。

正造さんみたいなシェフになりたい、と啓太は言う。料理の腕だけにしといてね、とあたしはかなり真剣に釘《くぎ》を刺す。優しい啓太が、あんなめんどくさい性分になってしまっては大変だ。都合が悪くなったら厨房へ逃げこむなんて、変なところもまねしないでもらいたい。

見た目も性格も、まるで似ていない啓太とお父さんなのに、近頃どこか相通じる雰囲気を漂わせるようになってきた。慎重な手つきで鍋《なべ》をかき回しているときや、大皿に顔を寄せて盛りつけのしあげをしているときなんかは、親子とはいわないまでも、遠い親戚《しんせき》くらいには見える。かれこれ二年間も、朝から晩までふたりで厨房にこもり、協力して料理を作ってきたせいだろうか。

この店の勤務歴は、あたしのほうが一年ばかり長い。三年前から、オーナーシェフであるところのお父さんに、ウェイトレスとして雇われている。

それ以前は、あたしが店に出ることはめったになかった。貸し切りの予約が入ってあまりに手が足りない日や、長い休みの間にせいぜい数日、裏方仕事を手伝う程度だった。それも、できあがった料理をお皿にのせるとか、流しを片づけるとか、単純作業に限られていた。子どもには最低限のことしかやらせないというのが、お父さんの方針だったのだ。あたしのほうも、店で働くのはあまり好きじゃなかった。お父さんをシェフ、お母さんをマダムと呼ばなければならないのは気恥ずかしかったし、お客さんが多いクリスマスや連休なんかの時季は、あたしだって遊びたい。

まさか自分がここで働くことになるなんて、夢にも思わなかった。しかも、コックの卵とつきあうことになるなんて。

お父さんとお母さんも啓太を気に入っている。一人前の料理人として育てあげ、ゆくゆくはうちのレストランを継がせるつもりだろう。もともと後継者を探す意図もあって、アルバイトの募集をかけたようだ。一人娘が彼と恋をするとまでは、ふたりとも予期していなかっただろうが。

厨房のドアが開き、啓太がまた出てきた。メモを片手に、きちょうめんな字で店内の黒板に昼のメニュウを書き入れていく。ランチは三種類から選べるメイン料理に、パンかライスと小さなサラダがつく。食後の飲みものとデザートは別料金になっている。

「わ、ハンバーグ」

啓太の後ろから黒板をのぞきこんだあたしは、思わず声を上げた。ハンバーグはあたしの一番の好物だ。

あたしは父親の料理に特別なこだわりを持っているわけではない。幼い頃から食べてきたから舌になじんではいるし、確かにおいしいけれど、他にもおいしいものはいくらでもある。ただ、ハンバーグだけは、よそではまず食べない。どういうわけか、お父さんの作るものでないとだめなのだった。

今日はお客さんが少なめだといいな、とこっそり思う。ランチタイムに売りきれなければ、残りはまかないに回ってくる。

啓太が黒板をしあげ、店先に置く看板にとりかかった。ハンバーグ以外の選択肢は、秋鮭《あきざけ》のムニエルと、豚のカツレツらしい。組みあわせとしては悪くない。駅周辺のオフィスビルから足を延ばしてくれる、常連のおじさまたちは、迷わず揚げものを選ぶだろう。あたしのライバルはご近所の奥様方になりそうだ。

「今日のおすすめはお魚のムニエル、と」

あたしは黒板の前でつぶやいた。常連客から意見を求められることは、わりとよくあるのだ。啓太が首をめぐらせ、あたしをちらりと見た。目が笑っている。

あたしはかまわず、頭の中で続ける。ハンバーグはうちの定番なので、いつでも召しあがれますからね。秋鮭は旬《しゅん》の時期にしかお出しできませんし、お肉よりカロリーも低めですよ。

「そろそろ開けようか」

「はあい」

お母さんに声をかけられ、勢いよく答えた。啓太が書きあげた看板をあたしに手渡して、小さく拍手した。

「いい返事」

真衣はいつも元気でいいな、と啓太はよく感心してみせる。一緒にいるだけで気持ちが明るくなる、と。啓太はまじめで、ささいなことでも気にしてしまいがちなので、見習いたいという。

そんなことないよ、とあたしは軽く受け流す。せいいっぱい、明るく元気よく。啓太が心からほめてくれているのはわかっている。だからこそ、胸がすうすうするのだ。あたしは本当に明るくて元気なのか、自問せずにはいられなくなるから。

入口のドアを開け、営業中の札をかける。秋晴れの空がからりと高い。


思わぬ来客があったのは、次の定休日のことだった。

あたしは一日中ひまだった。啓太と会う約束もなかった。ちょうどお父さんの誕生日で、一日分の家事を引き受けることにしたそうだ。父ひとり子ひとりで育ててくれたので孝行したい、と冗談めかして言っていた。啓太のうちは少し変わっている。共働きの家庭は珍しくもないが、母親のほうが父親よりも格段に忙しいのだ。

この年齢になってお祝いもないだろうと思わなくもないけれど、あたしも啓太のそういうところはきらいじゃない。父親の誕生日をきちんとお祝いするところも、それをあたしたちにまで話してしまうところも。迷い性の啓太は、夕食の献立をなににしようかと頭を悩ませて、うちの両親にも相談していた。

昼にお母さんの作ってくれた焼きそばを家族三人で食べてから、あたしは駅前にあるDVDのレンタルショップへ出かけた。洋画のSFホラーと、邦画の連続猟奇殺人ものを、一本ずつ借りた。啓太がこの手のおどろおどろしい映画は苦手なので、長いこと観《み》ていない。お父さんも血が流れる映画は敬遠するけれど、お母さんは意外に好きだから、誘ってみよう。どちらのパッケージも見るからにおそろしげで、すごくおもしろそうだ。

DVDの入った袋をぶらさげて帰ってくると、店の前に人影があった。黒いロングコートを着た背の高い女のひとが、入口のドアに向かって立っている。定休日だと知らずに来てしまったお客さんだろうか。通りすがりにたまたま気になって、足をとめただけだろうか。声をかけるべきかどうか迷いつつ、あたしは様子をうかがった。

気配を感じたのか、彼女が振り向いた。どことなく見覚えのある顔だった。はじめてのお客さんではないかもしれない。

「こんにちは」

あたしの予想を裏づけるかのように、彼女はにこやかに会釈《えしゃく》した。こんにちは、とあたしも頭を下げ返す。

予想は、はずれた。

「はじめまして」

彼女ははきはきと言ったのだ。

「啓太の母です。息子がいつもお世話になっております」

啓太のお母さんはまたしても日曜出勤だそうで、「仕事がひとつ終わって次のアポイントメントまで時間があったので」うちへ立ち寄ってみた、と説明した。めちゃくちゃ早口だけれど、滑舌がよく声も通るので、聞きとりづらくはない。

「お休みの日に突然押しかけてしまって申し訳ありません。早く先週のおわびを申しあげたいと思いまして。お父様とお母様もご在宅でしょうか？」

よどみなく言われて、あたしはうなずくほかなかった。

とりあえず店の中へ案内して椅子をすすめ、コートを受けとった。上等なものなのだろう、驚くほど軽い。

「寒くありませんか？」

「いえ、大丈夫です」

啓太のお母さんは無人の店内をもの珍しげに見回している。コートの下はびしっとしたパンツスーツで、メイクにも隙《すき》はない。

あたしのほうは、部屋着のジャージにすっぴんだ。恋人の母親との初対面がひかえているとはつゆ知らず、無防備に出てきてしまったのが悔やまれる。こんな格好ですみません、とひとこと謝ったほうがいいだろうか。いやいや、「お休みの日に突然押しかけて」こられた、と暗に非難していると受けとられてもまずい。脳みそを高速回転させた末に、あたしは言い慣れた決まり文句を口にした。

「少々お待ち下さい」

二階にいるはずのお父さんとお母さんを、急いで呼びにいく。厨房を抜けるとき、かすかに残っていたソースのにおいが鼻先をかすめた。

階段を上る途中で、携帯電話を確認した。啓太から連絡は入っていない。もし母親から事前に話を聞いていたとしたら、あたしにも伝えてくれるはずだから、知らないのかもしれない。仲がいいとはいえないようだし、「どこまでも自分勝手で猪突猛進《ちょとつもうしん》」と啓太がつねづねぼやいているのを考えれば、ありえなくもなさそうだ。反面、これも啓太の言っている「非常識でわがまま放題」な印象は、特にない。話しぶりも物腰も、礼儀正しく如才ない、優秀なビジネスマン然としている。

うちの両親は、居間でテレビを観ていた。

「啓太のお母さんが来た」

あたしが声をかけると、ふたりそろってぽかんと口を開けた。

「今?」

「うん、お父さんたちにも挨拶《あいさつ》したいって。店の中に入って待ってもらってる」

お母さんが飛びあがるように席を立った。

「ちょっと待って、着替えなきゃ」

「別にいいんじゃないか、このままで。あっちが急に来たんだから」

不機嫌そうにひきとめたお父さんはスエットの上下、お母さんはくたびれたセーターに古いジーンズを身につけている。

「いや、着替えたほうがいいと思う」

あたしは首を振った。なにせ、向こうはスーツにフルメイクである。

あたしももう少しまともな格好に着替えたいくらいだけれど、今さら遅い。一足先に階下へ戻り、四人分のコーヒーを淹《い》れたところで、お父さんとお母さんが二階から降りてきた。

気の抜けた部屋着のままで登場したお父さんをみとめ、あたしはため息をのみこんだ。お母さんのほうは、カーディガンとフレアスカートに着替え、薄く化粧もしている。

「先週は大変失礼いたしました。どうしても早急に対応しなければいけない緊急の案件が入ってしまいまして」

啓太のお母さんが丁寧に頭を下げ、菓子折の箱をてきぱきと紙袋から出して、両手でお父さんに差し出した。

「つまらないものですが、皆さんでどうぞ」

箱は受けとったものの、お父さんはなんとも応えない。かわりに、横にひかえていたお母さんがお礼を言った。

「お気遣いいただいて、かえって申し訳ありません」

「本当に、気になさらないで下さい」

あたしも口添えした。お父さんは相変わらずにこりともせずに、菓子折をテーブルの端にぽんと置いた。

「それじゃ、わたしはこれで」

回れ右をして、厨房のほうへずんずん引き返していく。

「ちょっとお父さん、コーヒー飲まないの？」

「いらない」

「すみません。明日のしこみとかもあって」

あたしの苦しい言い訳に、啓太のお母さんはすまなそうにうなずいた。

「そうですよね。お忙しいのにおじゃましてしまって、すみません」

彼女の表情をさりげなく観察し、そこに怒りがにじんでいないのを確かめて、あたしはひとまずほっとした。気を悪くしたわけではないようだ。落胆とあきらめが半々、といったところだろうか。

自分で言うのもなんだけれど、あたしは他人の気持ちを読みとるのがけっこううまい。

相手の感情をすばやく的確に察する能力は、接客業においては必須《ひっす》の資質といえるだろう。老若男女《ろうにゃくなんにょ》のお客さんと日々接しているうちに、ますます磨きもかかる。もっとも、あたしが他人の顔色にここまで敏感になったのは――ならざるをえなかったのは――それだけが理由でもないけれど。

それから三十分ほど、女三人でコーヒーを飲んだ。

啓太のお母さんは、あたしとお母さんに一枚ずつ名刺をくれた。厚手の紙に、いかにも外国っぽい、しゃれた会社のロゴが金で箔押《はくお》ししてある。

外資系の投資銀行に勤めているという話は、啓太からも聞いていた。肩書きはディレクターとなっている。それってどのくらいえらいんだろう、と下世話な疑問があたしの頭をよぎった。

「啓太くんのお母さんは……」

話しかけたうちのお母さんを、あの、と彼女はさえぎった。

「もしよかったら、下の名前で呼んでいただけるとうれしいです」

あたしとお母さんは、もらったばかりの名刺に目を落とした。

「美奈子、さん」

お母さんがぎこちなく呼びかけ、

「あ、わたしは芳江といいます」

と、言い添えた。

「芳江さんと、真衣ちゃん」

啓太のお母さん、あらため美奈子さんが、あたしたち母娘《おやこ》を等分に見比べた。

「あの、ちょっとお聞きしてもよろしいですか?」

「はい、なんでしょうか?」

あたしは居ずまいを正した。てっきり、あたしと啓太のつきあいを話題にされると思ったのだ。

「この立地だと、どんな客層になるんですか? ランチとディナーでも違います?」

「ちなみに客単価っておいくらくらいですか?」

「材料の仕入れはどういうルートなんでしょうか？　国産では手に入りにくい食材もありますよね？　あ、やっぱりワインは全部フランス産ですか？」

思いがけない質問を矢継ぎ早に浴びせかけられて、あっけにとられた。

ほとんどの問いに、お母さんが答えた。客単価や仕入れのことなんて、あたしも詳しくは知らない。ほぼ聞き役に徹しているうちに、緊張がほぐれてきた。美奈子さんは場をもたせるために話を広げようとしているふうでもなく、本当に興味があるようだった。どうやら、かなり率直な性格らしい。あたりさわりのない世間話をしながら互いの本音を探りあうよりも、気は楽だ。

「すみません、立ち入ったことばかりおうかがいして。企業秘密ですよね」

美奈子さんが質問をとぎらせ、きまり悪そうに微笑《ほほえ》んだ。目を細めると啓太にちょっと似ている。

「いえいえ、そんなたいしたものじゃありませんよ」

お母さんも笑って、首を振った。

「どういうビジネスモデルなのか、つい気になっちゃって。職業病ですね」

その後の会話も、和やかに進んだ。お父さんの態度にはひやひやしたが、不機嫌まるだしで居座られるよりは、さっさと退場してもらって結果的にはよかったかもしれない。

「啓太はしっかり働いてますか?」

帰る間際《まぎわ》になって、やっと美奈子さんは息子の名前を出した。

「はい。とっても助かってます。啓太くんが来てくれてよかったって、主人もいつも言ってるんですよ」

「そうですか、よかった」

美奈子さんは顔をほころばせ、姿勢を正した。

「実はですね」

心もち、声を低める。あたしの背筋も自然に伸びた。

「啓太がこの仕事につくこと、最初わたしは賛成じゃありませんでした。料理の世界は厳しいでしょう? あの子はちょっと頼りないところがありますし、ちゃんとやっていけるか不安で」

前に、啓太にもちらっと聞いた。大学を卒業してすぐ料理の道に入りたかったのに、両親に反対され、さしあたり三年間は会社員として働くようにと説得されたという。忠告に従って一般企業に就職した啓太は、三年半でその会社を辞めて、うちで働きはじめた。三年きっかりではなく三年半というところが、啓太らしいといえば啓太らしい。

「でも今は、見守りたいと思っています」

これまでよりも幾分ゆっくりと、美奈子さんは言葉を継いでいく。自分自身に確かめるような口ぶりだった。

「わたしは自分の仕事が好きです。だから、うちの子にも夢中で打ちこめる仕事が見つかって、親として本当にうれしい」

どきりとした。

あたしはコーヒーカップに手を伸ばし、冷めかけていた残りを一気に飲み干した。目だけを動かしてお母さんをうかがう。穏やかな顔つきで美奈子さんの話に聞き入っている、ように見える。

「要領は悪いですけど、根はまじめな子です。これからも、なにとぞご指導をお願いします」

「こちらこそ、今後ともよろしくお願いします」

お母さんが心のこもった口ぶりで応えた。

われに返って、あたしも笑顔を作る。妙な表情をして、美奈子さんに変に思われたらいけない。あたしの印象が悪くなったら、もっといけない。

美奈子さんが帰った後、あたしは熱い煎茶《せんちゃ》を淹れ、お母さんと二階の居間へ上った。食卓にふたりで向かいあって腰を下ろしたら、急に疲れを覚えた。そんなに長時間話していたわけではないし、しかもあたしは母親ふたりに比べてほとんど喋《しゃべ》らなかったのに、やはり気が張っていたのだろうか。

もらった手土産は、和菓子の詰めあわせだった。老舗《しにせ》のいかめしい紋が入った立派な箱に、個包装された小ぶりのようかんともなかとどら焼きが六つずつ、行儀よくおさまっている。

あたしはどら焼き、お母さんはもなかを選んだ。ソファに寝そべって新聞を読んでいるお父さんにも一応は声をかけたけれど、返事がないので放っておく。

「うわあ、おいしい」

どら焼きをひとくちかじり、あたしはうっとりした。もっちりした生地の間に、これでもかというくらい、あんこがぎっしり詰まっている。商売柄、おやつといえば店で出すデザートの余分や残りをつまむことが多いので、小豆の甘みは新鮮だ。あの美奈子さんのことだから、そのあたりの事情まで見越して買ってきてくれたのかもしれない。

「もなかもおいしいよ。真ん中に栗《くり》が入ってる」

「うそ、おいしそう。ねえ、お父さんも食べない？」

あたしはもう一度誘ってみた。おいしいどら焼きのおかげで、意固地なお父さんにも優しく接してあげようという気になっていた。

「いらない」

広げた新聞の向こうから、お父さんはぴしゃりと答えた。せっかくこっちから歩み寄ってあげているのに、感じが悪い。

「あっそう。じゃ、いいけど」

「お父さん、ほんとにいいの？　のんびりしてたら、すぐになくなっちゃうよ」

思わせぶりな目くばせで、お母さんの言いたいことはあたしにもぴんときた。おいしいものを食べながらいらいらするなんて、ばかばかしい。

「甘すぎないし、ぺろっといけちゃうよね」

気を取り直し、どら焼きをもうひとくちほおばる。糖分がいらだちをくるみこみ、溶かしてくれる。おいしいものを食べながらいらいらするなんて、本当にばかばかしい。

「もなかももらっちゃおっかな。こんな高級なお菓子、なかなか食べられないし」

けれど残念ながら、ここにはひとりだけ、おいしいものを食べていないひとがいたのだった。

お父さんが新聞をばさりとたたみ、あたしをにらみつけた。

「高級なものを持ってくりゃいいってもんじゃない。予約をすっぽかすような客は、うちではお断りだ」

その言い分は、あたしにも理解できる。予約当日に待てど暮らせどやってこなかったり、大人数の貸し切りを直前になってキャンセルされてしまったりすると、うちみたいに小さな店は深刻な打撃を受ける。

「だから反省して、ちゃんと謝りに来てくれたんでしょ」

無断で予約を反故《ほご》にしたお客さんが後になって謝罪してくることは、まずない。向こうにも罪悪感はあるのだろう、それっきり二度とうちの店には現れない。でも、美奈子さんはちゃんと来てくれた。激務の合間をぬって、気まずいのも覚悟の上で。

「早急に対応しなきゃいけない緊急の案件、ってなんなんだ？　こっちの約束は、放っといてかまわない、どうでもいい用事ってことか？」

「美奈子さんはそんな意味で言ったんじゃないって」

「銀行のやつらってのは、あてにならないんだよ。立場が強いからってふんぞり返って、こっちの事情は考えちゃいない」

お父さんが憤然と言い捨て、あたしはお母さんと顔を見あわせた。そうか、そこもひっかかってたのか。

昔、店を改装したときに、融資の件で銀行ともめたことがあるらしい。まだ小さかったあたしは知らなかったが、後からお母さんに聞いた話では、担当者がとにかく横柄《おうへい》で、お父さんを激怒させたそうだ。それにしても、二十年経《た》っても根に持っているなんて、お父さんがしつこすぎるのか、向こうの態度がひどすぎたのか、おそらく両方なのだろう。

「そんなふうに決めつけなくても。銀行にもいろんなひとがいるでしょう。忙しいのに時間を作って出向いて下さって、誠意を感じるじゃない？」

お母さんもやんわりとたしなめてくれた。

「誠意？　うちの都合も聞かないで、急にぶらっと訪ねてきて。自分のことしか考えてない証拠じゃないか」

「気を遣ってくれたんだってば。予定が変わりやすい仕事だから、また約束を破ることになったらいけないって」

「普通は先に入れた約束を守るだろう」

「しかたないでしょ、仕事なんだし。一流どころの会社で、責任のある地位についてるんだよ？　プライベートは優先しづらいって」

さっきネットで検索してみたら、投資銀行のディレクターというのは、そうとうえらいらしい。

「だからって、なにをしても許されるわけじゃない。一流どころに勤めるのが、そんなにえらいか？　何様のつもりだ」

いまいましげに吐き捨てられて、あたしもかちんときた。

「お父さんこそ、何様なの？　向こうが頭下げてくれてるのに、話を聞こうともしないで。失礼だよ」

美奈子さんはやや風変わりだけれど、悪いひとではなさそうだった。そもそも、娘の恋人であり店の片腕でもある啓太の、実のお母さんなのだ。ろくに話もしなかったくせに、先入観だけでこきおろしてほしくない。

「まあまあ、ふたりともそんなに熱くならないで」

お母さんが軽い口調で割って入った。

「少しずつ仲よくなっていけばいいじゃない。お姑《しゅうとめ》さんとしては、ちょっと手強《てごわ》いかもしれないけどね」

お父さんがふんと鼻を鳴らし、ソファから腰を上げた。足音荒く居間から出ていく。

「お父さん、真衣のことがよっぽど心配なのねえ」

お母さんが苦笑まじりに言った。返事をするかわりに、あたしは思いきり口を開けて、もなかにかぶりついた。お父さんはあたしを心配しているというより、単に信用していないだけだ。

世間では一流どころと呼ばれる会社に、あたしは勤めていたことがある。

啓太と違って、あたしは最初から一般企業で働くつもりで就職活動にのぞんだ。志望は食品業界だった。加工食品、お菓子、乳製品、健康食品、いずれかに注力している会社も、まんべんなく扱う大企業も、幅広く受けた。

お母さんはあたしを応援してくれた。一緒にリクルートスーツを選び、履歴書に書くべき内容について悩み、面接結果に一喜一憂した。書類選考で落とされた中堅商社の扱う缶詰も、最終面接で不合格になった製菓会社のチョコレート菓子も、わが家からいつのまにか姿を消していた。第一志望の、誰もが名前を知っている大手の食品メーカーから内定をもらえたときには、ふたりで抱きあって喜んだ。

一方で、お父さんの反応は薄かった。薄いというか、冷たかった。業界の中でも最大手で、有名で、安定していて、待遇もよくて、すばらしい会社なのだとあたしやお母さんがいくら説明しても、そんなすごいところで真衣はやってけるのか、と真顔で憎まれ口をたたくしまつだった。失礼しちゃうよね、もうちょっと娘を信頼してほしいよ、とふてくされるあたしを、お父さんはさびしいのよ、とお母さんはもっともらしく慰めた。

そんなすごいところで真衣はやってけるのか。お父さんの言葉を、その後あたしは幾度となく思い返すはめになる。

配属先は営業部だった。十近くの課に分かれていて、それぞれ担当する取引先が異なる。あたしが加わった第七課では、全国チェーンのスーパーマーケットをいくつか受け持っていた。三十代半ばの女性課長の下に、あたし以外にも三人の部下がついていて、その全員が男性だった。

「女の子が来てくれてうれしい」

と課長は言ってくれた。

「わたしは管理職になりたてで、いたらないところもあるだろうけど、一緒に成長していきましょう」

入社早々に、頼りがいのありそうな同性の上司に恵まれたことを、あたしもうれしく思った。

　実際のところ、課長はおそろしく有能だった。有能すぎて、部下は自分ほど有能ではないということを、失念しがちだった。新入社員の、少なくともあたしの頭では、彼女の指示を完全に理解することは難しかった。質問を重ね、先輩社員にまで助けをあおぎ、ようやくなにをしなければならないかをのみこめたとしても、期限内に終わらせるのは到底不可能だった。

　日を追うごとに、課長があたしに向ける目つきも声も、みるみる険しくなった。

「まにあわないなら、まにあわないって先に言ってくれない？」

「わからないことがあるなら、ひとこと確認してもらえない？」

　彼女の叱責《しっせき》は、なにからなにまでもっともだった。できません、わかりません、とあたしも言おうとした。でも、それを聞いた課長のうんざりした表情を思い浮かべると、頭が真っ白になって、のどから声が出てこなくなるのだった。今でもたまに、彼女の前で立ちすくんで口をぱくぱくさせている夢を見る。

　なんであたしは、こんなにも仕事ができないんだろう？

　自分でも不思議だった。それまであたしは、どちらかといえば器用なほうだと思っていたのだ。学校の成績は悪くなかったし、人間関係で悩んだこともほとんどない。

社会人になっても、人並みにそつなくやっていけるはずだと信じていたのに。

両親はもちろんのこと、当時の恋人にも、学生時代の友達にも、あたしは会社の話をできなかった。心配も同情もされたくなかったし、みっともない姿をさらしたくなかった。同い年の彼らも就職したばかりで、会えば誰もが競いあうように、職場にまつわる愚痴や不満を披露した。気軽に酒の肴《さかな》にできる程度の愚痴や不満を、あたしはひそかに、そして強烈にうらやんだ。

やがて、あたしは彼らの誘いを断るようになった。仕事が忙しいという言い訳は、まんざらうそでもなかった。仕事以外のことを考える余裕は、すでにひとかけらもなくなっていたから。

会社の同僚たちだけがあたしの苦境を知っていた。落ちこんでいる新人を、くちぐちに励ましてくれた。

「あんまり気にするなよ。課長はほら、ああいうひとだから」

「昇進したばっかりで、いよいよ気合いが入っちゃってるしな」

「新入社員であの勢いについてけるほうが異常だって」

親切な彼らは、後輩を慰めるばかりでなく、行動も起こした。あたしと課長の仲がこじれていくのを案じ、上に相談してくれたのだ。あたしは部長に呼び出され、状況を問いただされた。

「大丈夫か？　どうしても無理そうなら、異動を考えてもいいが」

「大丈夫です」

あたしは答えた。

悪いのは、あたしだ。もっと努力すれば、もっと経験を積めば、一人前に仕事をこなせるようになる。課長の期待にもきっと応えられるようになる。

そうして半年後のある朝、あたしは突然会社に行けなくなった。


翌朝、啓太は先週に続いて、またもや早めに出勤してきた。

「ほんとにごめんな。連絡もしないで押しかけるなんて、どうかしてるよ」

目の下にうっすらとくまが浮いている。昨日あれこれとはりきりすぎて、疲れているのかもしれない。それでも早起きして母親の非礼を謝りにくるなんて、本当に律儀《りちぎ》だ。

「いいよ、別にひまだったし。すてきなお母さんじゃない」

「どこが？」

啓太が顔をしかめる。

「大丈夫だった？　なんかよけいなこと言ってなかった？」

「なんにも」

あたしは答え、思い出して言い足した。

「あ、啓太のこと見守りたいって言ってたよ」

「は？　なんだそれ？」

「息子が夢中で打ちこめる仕事を見つけたのが、親としてうれしいって。自分も仕事が好きだから」

親は子どもが生き生きと働いているのを喜ぶものだとしたら、うちのお父さんとお母さんはどんな気持ちなんだろう。

会社を辞めてしばらく、あたしは呆然《ぼうぜん》として自分の部屋にひきこもっていた。両親はそっとしておいてくれた。退社にいたるまでの事情すら聞かなかった。半年間、日に日に憔悴《しょうすい》していく娘の様子をそばで見てきて、だいたい見当はついていたのかもしれない。お父さんにしてみれば、やっぱりだめだったか、とあきれてもいたのだろう。ともあれ、放っておいてもらえるのが、あたしにとっては一番ありがたかった。

ひとつだけ約束させられたのが、店の営業日は朝と昼の二回、定休日は朝昼晩の三回、家族で食事をするということだった。食欲はまったくなかったが、両親が考えに考えて決めたのだろう唯一《ゆいいつ》の条件を、拒むわけにもいかなかった。あたしは毎日決まった時間に食卓につき、出された料理を口に運んだ。

ドラマや漫画なんかで、傷心の主人公がおいしい食事で癒《いや》されるという話があるけれど、あたしにはそういう心あたたまる奇跡は起こらなかった。味さえほとんどわからなかった。半ば意地になって口を動かし、半年前までに比べてはるかに少ない量を――あたしがなんとか食べきれる絶妙な分量を、お母さんはよそってくれた――はるかに長い時間をかけてたいらげた。わが家では、よほどのことがない限り、誰も食事を残さない。あたしも物心ついた頃から、その習慣を守ってきた。これはよほどのこと、となんかじゃない、まだぎりぎり踏みとどまれている、とあたしは自分に言い聞かせたかったのかもしれない。

「真衣？　どしたの、ぼうっとして？」

気づいたら、啓太があたしの顔をのぞきこんでいた。

「疲れてるんじゃない？　ごめんな。二週連続、お騒がせで」

「そんなことないよ」

あたしは首をぶるんと振った。記憶をはらいのけるように、勢いをつけて。

「ほんとに？」

啓太が厨房のドアを横目で見やり、声を落とした。

「あのさ、正造さんはどうだった？」

あたしはとっさに答えられなかった。どうだったもこうだったもない。啓太がしょんぼりと肩を落とした。

「そりゃ怒るよな。せっかく休みでくつろいでるとこ、いきなりじゃまされて」

「いや、悪いのはうちのお父さんのほう。わざわざ来てもらってるのにへそ曲げて、申し訳なかったよ」

昨日の怒りがよみがえってきて、あたしはため息をついた。

「一度ひねくれちゃうと、もうだめなんだよね。頭が固いっていうか、視野が狭いっていうか、なに言っても聞かないから」

「それはうちの母親もだけど」

「全然違うよ」

美奈子さんは、もっとおおらかでさばさばしていた。みずみずしい好奇心とたくましい行動力でもって、しなやかに世界を飛び回っているのが伝わってきた。

「お父さん、怒ってるっていうより、気後れしてるのかも。ああいう、ばりばり仕事してる女のひとって周りにいないし、そもそも会社で働いたこともないし。広い世界で大きな仕事をするってどんな感じか、想像もつかないんだよ」

そうだ、あたしもかつて、あこがれたのだった。広い世界で、大きな仕事をしてみたかった。無邪気に夢を見て、舞いあがって調子に乗って、結局はどこにも行けなかった。

「気後れ？　正造さんが、うちの母親に？」

啓太がいぶかしげに眉根《まゆね》を寄せた。

「ないない、それはないよ。料理の世界だって、十分広くて深いし。仕事の大きい小さいっていうのも、会社だったら予算とか人員とかってことになるんだろうけど、それだけではかれるもんじゃなくない？」

なんかうまく言えないんだけど、ともどかしげに頭を振る。

「おれ、会社員やってたときより今のほうが、視野が広がってる気がするよ。オフィスでぽちぽちパソコンたたいてるより頭も使う。しんどいことも多いけど、やりがいもある」

珍しく饒舌《じょうぜつ》な啓太を、あたしは思わずさえぎった。

「啓太はそうかもしれないけど」

「おれだけじゃなくて、正造さんもだと思うよ」

なにか言い返そうとして、なにも言い返せなくて、あたしはぎゅっと唇をかんだ。啓太に言われるまでもない。そばで見ていれば、ちゃんとわかる。啓太もお父さんも、それからお母さんも、自ら選んだ場所で誇りと気概をもって働いている。あたし以外は、みんな。

気後れしてるのは、お父さんじゃない。あたしだ。美奈子さんに対して、お父さんとお母さんに対して、啓太に対してさえも。

「だけど、あたしは」

あたしは他に行き場がなくて、見かねた両親に拾ってもらったのだ。

ランチタイムの営業を再開するとお父さんたちが言い出したのは、あたしが会社を辞めてひと月ほど経った頃だった。再開するといっても、うちの店でランチを出していたのは、あたしが生まれる前の話だ。当時、厨房は先代とお父さんのふたりで回し、接客担当もお母さん以外にもうひとりパートを雇っていたらしい。

「前々から、また昼も営業してほしいって常連さんたちには言われてたんだけどね。ランチもやろうとすると、今のままじゃ人手が足りなくて」

お母さんは遠慮がちに持ちかけた。

「真衣、よかったらうちで働いてみない?」

あたしのためにそこまでしてくれなくても、という返事がのどもとまでこみあげてきたけれど、かろうじて飲み下した。卑屈になっても、両親を困らせるだけだ。

　こんなことじゃいけないというあせりは、あたしにもあった。このままなにをするでもなく、ずるずるとひきこもっていたら、社会に戻れなくなってしまう。正社員は難しいとしても、派遣なりアルバイトなり、なんでもいいから働かなくちゃいけない。でも、新しい環境で一からやっていく気力も体力も、そして自信も、あたしには残っていなかった。

「できるかな、あたしに？」

　われながら頼りない声が出た。

「できる」

　お母さんがすかさず答えた。お父さんも黙ってうなずいた。

　翌週から、あたしはファミーユで働きはじめた。どこかに就職し直すまでの、いわばつなぎのつもりだったのに、もう三年近くも居座っている。両親の経営するレストランで、両親に守られながら。

　会社勤めに挫折《ざせつ》して以来、あたしは他人がこわい。だんだんましにはなってきたものの、今もまだ少しこわい。正確にいえば、誰かを怒らせたりいらだたせたりするのが、こわい。だから常に細心の注意をはらって、相手の気持ちを推しはかる。知らず知らずのうちに不快感を与えてしまわないように、明るく元気な笑顔も忘れない。

　それでも、なんとか普通に毎日を過ごせるようになったことに、あたしは感謝すべきなのだろう。たまに暗い過去を思い出して気が塞《ふさ》ぐときもあるとはいえ、おおむね元どおりの日常が戻ってきた。普通に働き、普通に食べ、普通に眠り、普通に話したり笑ったり恋をしたりできるようになった。

「ま、真衣？　どうした？」

　啓太がおろおろしてあたしを見下ろしている。

「おれ、なんか変なこと言った？」

あたしはエプロンをたくしあげ、じわじわと熱くなってきた目頭をおさえた。

「違うの。啓太のせいじゃない」

両親にさんざん迷惑と気苦労をかけてきたあたしには、お父さんに腹を立てる資格なんてない。何様だと眉をひそめられるべきなのは、あたしだ。

「あたし、なにやってるんだろ？」

　今まで啓太にはどうしても打ち明けられなかった、たった半年で唐突に幕を下ろした会社員生活のことを、あたしは堰《せき》を切ったように話しはじめていた。

こんな日に限って、ランチタイムは盛況だった。開店直後からほぼずっと満席で、何組か断らなければならないほどだった。

最低な気分をひきずって、とんでもない失敗をしでかしたらどうしようかと気が重かったけれど、心配は無用だった。お客さんが入ってくると、あたしの体は自動的にきびきびと動き出した。注文をとり、お皿を運び、あっというまに二時間が過ぎた。今日も元気だねえ、と常連のおじいさんに声をかけられたから、笑顔もうまく作れていたはずだ。

最後のお客さんを送り出したとたんに、また憂鬱《ゆううつ》が襲ってきた。ふだんは待ち遠しい昼食なのに、今日ばかりは気がめいる。啓太にもお父さんにも、どんな顔を向けたらいいのかわからない。

「ねえ、真衣」

ぐずぐずとテーブルを拭《ふ》いていたら、レジの前にいたお母さんから声をかけられた。

「小銭が足りなくなりそうだから、ちょっと銀行に行ってくるね。お昼は三人で先に食べといてくれる？」

あたしは反射的に声を上げていた。

「あたしが行く」

週明けの銀行は混んでいた。

両替をすませ、あたしは帰途についた。歩くたびに、銀行の封筒ごとかばんに入れた大量の小銭がじゃらじゃらと鳴る。店が近づくにつれて、足が重たくなっていく。道沿いの小さな公園に、吸い寄せられるように足を踏み入れた。小学校低学年くらいの子どもが数人、かしましい声を上げてジャングルジムを上り下りしている。あたしもあの年頃にはよくここで友達と遊んだものだ。

入口のそばに置かれたベンチに腰を下ろし、ひと息ついた。風は少し冷たいけれど、陽だまりはぽかぽかして気持ちがいい。公園中の木々がみごとに紅葉している。ジャングルジムを挟んで向かいの、もうひとつのベンチでは、会社員ふうのスーツを着た男のひとがコンビニ袋を膝《ひざ》の上に置き、サンドイッチをむしゃむしゃほおばっている。外回りの営業マンだろうか。忙しすぎて昼食をとりそこねていたのかもしれない。はじめて会ったとき、啓太もあんなふうだった。スーツにネクタイをしめ、ぴかぴかの革靴をはいていた。ちょうど年格好も同じくらいだ。それが今や、コックコートを着こなし、厨房にもすっかりなじんでいる。

この二年間で啓太は劇的な変貌《へんぼう》を遂げたのに、あたしはなんにも進歩していない。

進歩できていない。

身も心もぼろぼろだった三年前に比べれば、そこそこ立ち直ってはいる。仕事に慣れ、顔見知りの常連客が増え、日々はあわただしく過ぎていく。そのあわただしさにまぎれて、先のことを考える余裕はほとんどなかった。いや、あえて深く考えないようにしていた気もする。

あたしは本当に、このままでいいんだろうか？　家族に甘えて、気楽な暮らしをなしくずしに続けていていいんだろうか？

わあっと歓声を上げて、子どもたちがあたしの前を走り過ぎていく。地面に積もった赤や黄の落ち葉がふわりと舞いあがる。向かいの会社員はいつのまにやら食事を終え、たばこをふかしている。宙に溶けていく白い煙を、あたしはぼんやりと目で追った。

「いた」

背後で声がしたのは、そのときだった。あたしの両肩に、そっと手のひらが置かれた。

あたしの隣に腰かけた啓太は、一服している会社員を眺めてぼそりと言った。

「なつかしいな。おれもここでよく喫《す》ってた。ファミーユでランチ食った後、会社に戻りたくねえなあって思いながら」

記憶をたぐるように、目をすがめている。啓太の勤めていた会社のビルは、ついさっきあたしが行ってきた銀行の数軒隣だ。

「辞める直前は、昼休みだけが楽しみだったな。真衣に接客してもらえると、午前中の疲れがひくんだ。あ、恋愛とか下心とか、そういうんじゃなくて。なんていうか、丁寧に扱ってもらってるって感じがして」

しみじみと言う。

「そういうお客さん、他にもいると思うよ。うちの母親も言ってた、すごく気の利《き》くお嬢さんだった、あそこはきっといいお店だ、って」

励まそうとしてくれている啓太の気遣いはうれしいけれど、あたしは首を振った。

「でもそれは……」

「わかってる」

啓太があたしの手の甲をぽんぽんとたたいた。

「真衣がお客さんの前で緊張するっていうのは、今朝の話でよくわかった。だけど、その緊張感って、客商売では絶対に必要なものじゃない？　つらすぎるんだったら、それはもちろんよくないけど」

あたしの目をのぞきこむ。

「仕事、つらい？」

少し考えて、あたしは答えた。

「つらいってわけじゃ、ない」

接客中には神経を遣うが、少なくとも今のあたしにとっては、つらくてたまらないほどではない。仕事は、仕事だ。なんの緊張もストレスもなく、ただただ楽しいだけの職場なんて、おそらく存在しない。

「おれも、つらいってわけじゃなかったな。でも、どうしてもしっくりこなかった。これはおれのやりたい仕事じゃないって、ずっと思ってた」

「あたしは……」

ちょっと違う。あたしには、他にやりたいことがあるわけじゃない。仕事そのものの中身が気に入らないのではなく、親に頼りっぱなしの現状が、情けなくていたたまれない。会社を辞めた直後はしかたなかったとしても、もう三年も経っている。啓太のお父さんが言ったというとおり、三年はひとつの節目だろう。一度きちんと考え直さなければいけない時期に、あたしもさしかかっているのだ。

さらに、節目の気配は他にもある。

うちの親を紹介させてもらってもいいかな、とかしこまって切り出した啓太の顔が、脳裏に浮かぶ。啓太をよろしく、と頭を下げた美奈子さんの真剣な顔が、その上に重なる。昨日、美奈子さんの繰り出す質問にすらすらと答えていた、お母さんの横顔も。

あたしが啓太と結婚したら、いずれはお母さんにかわって、ファミーユの新しいマダムとして店を切り盛りすることになる。

まだまだ先の話だ、と最近までは高をくくっていた。啓太がどういうつもりなのかもわからない。プロポーズだってされていない。先走ってあれこれ思い悩んでもしょうがない。でも、そうやって先送りにするのも、そろそろ限界なのだろう。

啓太のことは、好きだ。店のことも。だけど、こんなあたしにちゃんとマダムがつとまるだろうか？　お店の顔として、大勢のお客さんを満足させることができるだろうか？　たったひとりの上司にさえ愛想を尽かされた、このあたしに？

お父さんとお母さんが長年かけて築きあげてきた大事な店を、あたしはだいなしにしてしまうかもしれない。

「あのさ、真衣」

しばらく考えこんでいた啓太が、口調をあらためた。

「さっき真衣がいない間に、三人で話したんだ。昨日のこととか、昔のこととか」

ためらうような間をおいて、つけ加える。

「……たぶん、真衣の知らないことも」

確かに、あたしは知らなかった。退職して数日後に、直属の上司だった営業第七課長が部長に伴われて、うちを訪ねてきたなんて。

「菓子折持って、謝りにきたんだってよ」

折しも、パワハラという言葉がマスコミを騒がせはじめた頃だった。会社として万が一に備え、手を打っておこうと算段したのかもしれない。うちの両親も、騒ぎを大きくしてこれ以上娘を追いこむつもりはなかった。お互いにこのことはもう忘れましょう、とお母さんは申し出た。ありがとうございます、と部長は慇懃《いんぎん》に応えた。

お父さんは黙っていた。それに、課長も。

部長から再三催促され、彼女ははじめて声を発したという。どうしてわたしが謝らないといけないんですか。迷惑をかけられたのはこっちです。こんなことになったせいで、わたしのキャリアに致命的な傷がつきました。

そこまで一気に話して、啓太はいったん口をつぐみ、あたしの顔をうかがった。露骨な暴言がこたえていないか、気になったのだろう。

「それで？」

あたしは続きをうながした。当時、もし面と向かってそう言われたら、さぞ落ちこんだろうけれど、今はなにも感じない。すがすがしいほど、なんにも。

ごく冷静に、腑《ふ》に落ちただけだ。そうだった。あの課長は、そういうひとだった。

「正造さん、どうしたと思う？」

「怒った？」

啓太が大きくうなずいた。

「厨房に走ってって、塩持ってきたんだって。あのでっかい壺《つぼ》ごと」

出ていけ、とお父さんは塩をまきながらどなったそうだ。すさまじい形相で叫ぶお父さんの姿は、あたしにも想像できた。ぎょっとして退散していく、部長と課長の姿も。想像してみて、少し笑ってしまった。

「迫力あっただろうね」

啓太も愉快そうに目を細めている。

本当は、あたしにもわかっていた。最初からずっと、お父さんはあたしを心配してくれていたのだ。娘の能力を疑っているわけでも、身の程知らずだとばかにしているわけでもなかった。ただ純粋に、あたしが傷ついたり苦しんだりしないよう、案じてくれていた。

「ああ、結局喋っちゃったな」

啓太がはずみをつけてベンチから立ちあがった。あたしは驚いて聞き返す。

「え、口どめされてたの?」

「そういうわけじゃないけど、せっかく正造さんたちが今までずっと黙ってたのに。つい告げ口しちゃったよ」

啓太はくるりと振り向いて、座っているあたしを正面から見下ろした。

「真衣のことがほんとに大事なんだよ、ふたりとも」

「うん。感謝してる」

素直に言ってしまってから、あたしは照れくさくなってつけ足した。

「これは、お父さんたちに告げ口しないでね」

「そう? うまく伝えてあげるけど?」

「いいってば」

啓太が膝を折ってあたしと目の高さを合わせ、にっこりした。

「じゃあ、行動で示せば? 感謝してるんだったら、恩返ししなよ。真衣はファミーユの看板娘だろ?」

じっと見つめられて、あたしは目をそらせない。

「お父さんとお母さんの店に置いてもらってるって真衣は言うけど、おれにはそう見えない。ファミーユは、正造さんと芳江さんと真衣の、三人の店だよ」

啓太があたしに右手をさしのべた。

「帰ろう」

あたしは啓太の手をしっかり握って、ベンチから立ちあがった。

公園を出たとたんに、おなかが鳴った。

「おなかへった」

「大丈夫。真衣の分のハンバーグ、ちゃんととってあるよ」

啓太がつないだ手を前後に揺らす。

「ハンバーグ?」

そういえば、今日のランチメニュウにはハンバーグが入っていた。ふだんのあたしなら、まかないに回ってきますようにと念じるところだが、それどころではなかった。注文を受け、お皿だって運んだはずなのに、何食くらい出たのかもさっぱり覚えていない。

「今日はお客さん多かったのに、残ってるんだ？」

「いや、そっちは完売。でも正造さんが、まかないの分もついでにしこんどいてくれてて。ほら、あの、店で出すのよりひと回り小さいやつ」

ついで、ではないだろう。お父さんは、わざわざ作ってくれたのだ。昨日のけんかをひきずっていたのは、あたしだけではなかったらしい。

「あれ、食べやすくていいよな。大きいのとはまた違った感じで」

小さいといっても、子どもの頃にお弁当に入れてもらっていた、ひとくちサイズのハンバーグよりはだいぶ大きい。あえて言うなら、四口か五口サイズ、といったところだろうか。

それが食卓に登場した日のことを、あたしは覚えている。

会社を辞めて、三週間ほど経っていただろうか。あたしの食欲は依然として回復していなかった。お父さんが、白い平皿――ハンバーグとステーキのときはこれを使うと決まっている――を持ってテーブルに近づいてくるのを見て、だから少し身がまえた。好物を楽しめないのは、心が痛む。

目の前に置かれたお皿に目を落とし、あれ、と思った。なんだか大きい。一拍遅れて、お皿が大きいのではなく、その上にのっているハンバーグが小さいのだと気づいた。

「いただきます」

ふっくらとやわらかい小さなハンバーグを、あたしはさらに小さく切りわけて、口に運んだ。ほどよい塩気を含んだ熱い肉汁が、舌にじゅわりと広がった。

「おいしい」

あたしはつぶやいた。お父さんとお母さんが目を見かわした。

「おいしいね」

お母さんは自分の分に口をつけてもいないのに、声をはずませた。

「火かげんがちょっと難しい」

お父さんはあたしのほうを見ず、ハンバーグを半分に割って、しきりに火の通りぐあいを気にしていた。

あたしは時間をかけてハンバーグを味わった。フォークを置き、おいしい、ともう一度繰り返して、その言葉を口にするのはずいぶんひさしぶりだと思いあたった。

うちの店で働いてみないかと切り出されたのは、その数日後のことだ。

「あ、そうそう」

公園沿いの道を歩きながら、啓太が口を開いた。

「ハンバーグと一緒に、マッシュポテトも食べて。いっぱいあるから」

「いっぱい？　なんで？」

「真衣のせいだぜ」

啓太は恨めしげな目で、あたしを軽くにらんだ。

「おれ、今日の午前中、動揺してたみたいで。真衣に泣かれるなんてはじめてだったし」

気を散らしていたせいで、マッシュポテトをふだんの倍も作ってしまったらしい。

「正造さんにしかられたよ。なに考えてんだ、これじゃ、メインがポテトでハンバーグはつけあわせだ、って」

啓太の口真似《くちまね》はけっこう似ている。あたしがふきだすと、啓太は口をへの字に曲げた。

「真衣は？　ランチタイム、なんか失敗しなかった？」

「ううん、なんにも」

「なんだよ、自分だけずるくないか？」

銀杏並木の先に、レンガ色の建物が見えてきた。たっぷり陽ざしを浴びた金色の葉が、頭上でさわさわと揺れている。

香ばしいにおいが漂ってくる。バター、いためた玉ねぎ、肉の脂《あぶら》、にんにく、何種類ものハーブ、トマトソース、他にもいろいろ、複雑にまじりあっている。向かい風を胸いっぱいに吸いこんで、あたしは足を速めた。

あたしのうちは、あたしたちのうちは、とてもおいしそうなにおいがする。

解説

瀧井朝世

子ども同士の結婚によって結びついた、ふたつの家族。一方は、仕事優先の母親と家事を請け負う父親とその息子。もう一方は、無口で頑固な料理人の父親と、彼の仕事を支えてきた母親とその娘。性格は六人それぞれだが、ひとつだけ共通点がある。それは、食べることあるいは作ることが好きということ。彼ら個々の思いが明かされていくのが、瀧羽麻子の『うちのレシピ』だ。二〇一九年に単行本が刊行され、本書はその文庫化である。瀧羽らしい、優しさに満ちた家族の物語である。

物語は六章仕立てで、一人一人が視点人物となっていく。

「午前四時のチョコレートケーキ」の語り手は啓太《けいた》。自分と恋人の真衣《まい》、双方の両親六人ではじめて一緒に食事するはずだった席に、啓太の母親・美奈子《みなこ》が現れない。そんな場面からはじまり、徐々に彼らの関係が明かされていく。啓太は学生時代に調理師の免許を取得して料理人の道を目指そうとしたものの、美奈子の反対にあって一般企業に就職、三年半勤めた後でフレンチレストラン「ファミーユ・ド・トロワ」の調理補助に転職。そこは家族経営の店で、料理人は父親の正造《しょうぞう》、接客を担当するのは母親の芳江《よしえ》と娘の真衣である。店で働くうちに、啓太と真衣は親密な仲になったのだ。

啓太の家庭は父親の雪生《ゆきお》が定時退社の会社員で家事を引き受け、投資銀行のディレクターの美奈子はいつも仕事で忙しく飛び回っている。真衣たちとの食事の席をすっぽかしたのも、急な仕事が入ったからだ。その後も、雪生の誕生日の日も、約束していたのに美奈子はなかなか帰宅しない。そしてその夜、ちょっとした事件が起きてしまう。

「真夏のすきやき」の語り手は芳江。ここでは時間が遡《さかのぼ》り、真衣が中学二年生の頃のエピソードが綴《つづ》られていく。料理に興味津々《きょうみしんしん》なのに厨房《ちゅうぼう》への立ち入りを禁止されていた真衣。友達と遊園地に出かける日、真衣はお弁当を作ろうと張り切るが手際《てぎわ》の悪さに思わず芳江が手伝ったことが、その後家庭内騒動に繋《つな》がってしまう。その顚末《てんまつ》と同時に回想されていくのが、芳江と正造のなれそめである。

「雨あがりのミートソース」の語り手は雪生。啓太が小学生だった頃の話だ。こちらでも美奈子とのなれそめが語られ、なぜ今の役割分担の形になっていったのか、その経緯が分かる。

「花婿《はなむこ》のおにぎり」は美奈子が語り手。海外出張から帰国した彼女が、いったん自宅に戻ってから慌《あわ》てて向かおうとしているのは……。第一話からちょっぴり時間が進んでいる。

「コンソメスープとマーブルクッキー」は正造が語り手。ここではさらに時間が進み、彼に孫ができている。その孫の一人、亜実《あみ》が友達の誕生会に招かれたのだが、真衣たちの都合が悪く、急遽《きゅうきょ》正造が付き添うことになる。だが、会の途中で亜実が泣き出してしまう。その理由とは？

「ハンバーグの日」は真衣が語り手。第一話と同じく、食事の席に美奈子が現れないじめ、場面から始まり、回想として、一流企業で働いていた彼女が親のレストランで働きはじめ、啓太と出会った頃の思い出、そして現在の思いが明かされていく。

それぞれ、食べるもしくは食べ終わった場面、あるいは調理を始めようとする場面で終わるのが印象的だ。なんらかのトラブルやすれ違い、悩みに直面しても、料理が媒介となって解決に向かっている様子が描かれている。だが、料理が絶対的な有効手段として描かれていないところが本作の美点である。あくまでも、大切なのは料理ではなく、人の気持ちなのだ。舞台のひとつがフレンチレストランとくれば手の込んだメニューや珍しい食材、こだわりの調理法などが出てくるかと想像してしまうが、そこまで細かな描写はない。料理はあくまでも脇役《わきやく》であり、家族の悩みやトラブルを解決するのは、やっぱり人の思いである。

それにしても、レストランと家庭、その両方を舞台にしたところが絶妙だ。プロによる料理も家庭料理も登場させて、さまざまな側面を見せている。第一話で雪生の「料理は愛情」という言葉が出てくるが、ではその愛情のこもった料理とは何かを、考えさせてくれるのである。

ただ抽象的に「愛情のこもった料理」と言われると、手間ひまかけた手料理を思い浮かべがちだ。もちろんそれが該当することもあるだろう。たとえば本作に出てくる、プロによるチョコレートケーキやハンバーグはまさにそう。だがそれだけでなく、家族で役割分担して作るすきやきだったり、結局その夜は食べられなかったミートソースであったり、なんでもないお握りにも、読者は愛情を感じるのではないか。愛情とは押し付けるものではない。本当に相手のことを思いやって用意する、あるいは一緒に作るものに愛情は宿るのだなと思わせてくれる。

手の込んだものだけが喜ばれるわけではない、という点がシニカルに描かれて印象的なのは、正造が孫の友達の誕生会にキッシュを作って参加するエピソードだ。母親たちは喜んで食《しょく》し褒めてくれるので正造は満足げ。彼は内心、他の母親たちが持ち寄ったファストフードや市販のドレッシングをかけたサラダ、(ひょっとしたら出来合いのものかもしれない)鶏《とり》のからあげをどこか見下している。だが、子どもの一人が彼のキッシュを食べて吐き出してしまうのだ。こういう場では、手をかけて作った高級なものが喜ばれるとは限らない。おそらく母親たちは子どもが喜ぶものを優先させたのだろうし、彼女たち自身のこの日は料理から解放されたいという思いもあったかもしれない。また、もしも手料理を持ち寄ると決めていたら、料理の苦手な母親は気遅れしたはずで、出来合いのものでもなんでもいいという示し合わせが事前にあったのだろうと思われる。それはとても健全で、合理的な選択である。正造はそこが分かっていなかった。もちろん彼は悪くないのだけれども、どんな料理が喜ばれるかは、時と場合によるものだと、よく分かる話だ。凝った料理礼賛に偏《かたよ》らない、こうした現代性を感じさせるエピソードをさりげなく盛り込むところが、著者の巧妙なところ。

六人の登場人物は、順風満帆に生きてきたわけじゃない。親との確執があったり、進路に迷ったことも、仕事につまずいたことも、親として悩んだこともあった。みな、家族には言っていない悩みや、ぶつけていない思いを抱えている。家族だからといって、お互いの気持ちをすべて共有しているわけではないし、相手に不満や怒りを抱くことだってある。それでも彼らが繋がっていられるのは、「うちのレシピ」があるからだろう。

タイトルにある「レシピ」はもちろん、家庭で食してきた料理の数々の調理法を指している。でも、それだけではない。「レシピ」には「秘訣《ひけつ》」という意味もある。料理を一緒に食べる、それが彼らにとって家族円満の大切な秘訣。あるいは、この単語には、「処方箋《しょほうせん》」という意味もある。啓太たちの家族が口癖のように言う、「やりたいようにやったらいい」は、「あなたがやりたいようにやったらそれを自分は支える」という意思表示であり、処方箋のような役割を果たしているのではないか。深読みかもしれないが、そんな秘訣や処方箋といった意味合いも、本書のタイトルにこめられているような気がしてならない。

家族ごとに独自の「調理法」「秘訣」「処方箋」は存在しているのだろう。さらにいえば、一人ひとりの中にも、独自のそれがあるのではないだろうか。自分にとっての「うちのレシピ」は何か、本を閉じた後、あれこれ考えてみるのも、楽しいのでは。

（二〇二一年八月、ライター）

この作品は二〇一九年二月新潮社より刊行された。

川上未映子著　ウィステリアと三人の女たち

大きな藤の木と壊されつつある家。私はそこに暮らした老女の生を体験する。研ぎ澄まされた言葉で紡ぐ美しく啓示的な四つの物語。

加納朋子著　カーテンコール！

閉校する私立女子大で落ちこぼれたちを救済するべく特別合宿が始まった！　不器用な女の子たちの成長に励まされる青春連作短編集。

桐野夏生著　抱　く　女

一九七二年、東京。大学生・直子は、親しき者の死、狂おしい恋にその胸を焦がす。現代の混沌を生きる女性に贈る、永遠の青春小説。

窪　美　澄　著　ふがいない僕は空を見た

山本周五郎賞受賞・R−18文学賞大賞受賞

秘密のセックスに耽る主婦と高校生。暴かれた二人の関係は周囲の人々を揺さぶり――。生きることの痛みを丸ごと包み込む傑作小説。

佐藤多佳子著　明るい夜に出かけて

山本周五郎賞受賞

深夜ラジオ、コンビニバイト、人に言えないトラブル……夜の中で彷徨う若者たちの孤独と繋がりを暖かく描いた、青春小説の傑作！

桜木紫乃著　ふたりぐらし

四十歳の夫と、三十五歳の妻。将来の見えない生活を重ね、夫婦が夫婦になっていく――。夫と妻の視点を交互に綴る、連作短編集。

うちのレシピ

新潮文庫 た-133-1

令和三年十一月一日発行
令和三年十一月二十日二刷

著者 瀧《たき》羽《わ》麻《あさ》子《こ》

発行者 佐藤隆信
発行所 株式会社 新潮社
郵便番号 一六二―八七一一
東京都新宿区矢来町七一
電話 編集部(〇三)三二六六―五四四〇
読者係(〇三)三二六六―五一一一
https://www.shinchosha.co.jp

価格はカバーに表示してあります。

乱丁・落丁本は、ご面倒ですが小社読者係宛ご送付ください。送料小社負担にてお取替えいたします。

印刷・株式会社光邦 製本・株式会社大進堂

ISBN978-4-10-103281-8 C0193